02 - 1727

R. /30/760 E

HISTOIRES

ET

CONTES FANTASTIQUES

PAR

EMILE ERCKMANN-CHATRIAN.

STRASBOURG,

IMPRIMERIE DE PH.-ALB. DANNBACH, RUE DU BOUCLIER, 1.

1849.

Une Malédiction.

CHAPITRE Ier.

Eh quoi! déjà partir, le jour est loin encore.
ROMÉO et JULIETTE.

La lune se lève, comme un vaste croissant d'opale coloré d'un reflet d'or... le jour s'efface, le bruit meurt... Liége, l'antique et brave cité wallonne, dort couchée dans la brume. Ses hauts clochers, ses toits aigus se perdent dans les ombres... On n'aperçoit plus rien sur la montagne, rien... que la citadelle, jetée comme une aire immense au sommet d'un rocher, et dardant sur la ville endormie l'œil de ses sentinelles.... Le fleuve lui-même coule presque sans murmure dans son lit de roseaux, et la nature attentive se recueille pour écouter les vagues harmonies de la nuit.

Cependant, à cette heure avancée, une lumière brille encore là-bas, sur le bord de la Meuse, comme une étoile perdue sur la rive. Cette lumière vacillante éclaire en partie la façade d'une maison blanche et coquette, posée comme un nid d'oiseaux entre les grands arbres et le fleuve. Un balcon svelte, hardi, couvert de fleurs blanches et roses, attache sa

1

gracieuse ceinture aux flancs de cette jolie retraite. Ce balcon est occupé par un jeune homme et par une jeune femme.... Appuyés sur la grille, ils écoutent, silencieux, le murmure des vagues, mêlé au frémissement du feuillage.

Tout-à-coup l'horloge de St.-Paul sonna l'heure.... Le jeune homme se leva : Oh ! dit-il, en prenant dans les siennes une des mains de la jeune fille... Minuit ; déjà minuit, c'est l'heure du départ... de l'absence... Maria, répète-moi donc, une fois encore, ces mélancoliques paroles d'amour que tu chantais hier, debout, contre ce grand arbre aux fleurs parfumées.

— Tu aimes donc bien cette mélodie, Karl ! répondit-elle.

— Oui, parce qu'elle est triste comme mon cœur, lorsque je suis loin de toi.

— Maria prit une guitare et chanta d'une voix suave :

Quand vient du soir l'ombre silencieuse
    J'entends sa voix
Comme un soupir passer triste et rêveuse
    Au fond du bois.

Il est parti, mon âme est solitaire,
    Légers Zéphirs,
Vers sa patrie emportez ma prière
    Et mes soupirs.

La vieille Uldine... Uldine la sorcière
    M'a dit un soir :
Pourquoi prier, enfant, si ta prière
    Est sans pouvoir.

Puis, dans sa main prenant ma main tremblante,
    Elle a chanté
L'hymne maudit que l'affreux sabbat chante
    Aux nuits d'été.

Pour le revoir une heure... pour l'entendre
Je donnerais :
Joyaux, bijoux, la couronne de Flandre,
Si je l'avais.

Mais je n'ai rien que la croix de ma mère,
Sa croix d'argent.
Qu'un fil de cuivre au bout du vieux rosaire
Toujours suspend.

Si vous saviez... sa voix était si belle,
Ses chants si doux,
C'était la voix de l'ange qu'on appelle
A deux genoux.

Elle se tut, et Karl, qui l'avait écoutée, pieux, recueilli...
comme suspendu à ses lèvres, leva sur elle ses yeux humides... — Maria, dit-il, je t'aime !

— Karl, répondit la jeune femme avec une touchante douceur, j'étais encore, il y a cinq semaines, une prima-dona
célèbre... J'avais tous les soirs des bravos et des couronnes,
de la gloire enfin... Cependant j'étais triste... mon âme s'étio-
lait comme une fleur perdue dans le désert... Je me sentais
mourir... Aujourd'hui je suis ignorée, oubliée peut-être, et
je suis heureuse.... Oh! oui, bien heureuse, Karl.... moi
aussi je t'aime !...

Le jeune homme ne répondit point, mais il leva sur elle
un regard dont nulle parole humaine ne saurait traduire l'élo-
quence... Longtemps il resta immobile et comme abîmé
dans une immense contemplation... C'est qu'en effet cette
femme était belle !... Non de cette suave beauté allemande
qui fait rêver aux premières espérances de la vie... Sa
beauté, à elle, avait un caractère plus noble, plus sérieux... Vêtue d'une mante aux couleurs sombres, qui des-
sinait vaguement sa taille souple, élancée; un habit d'azur,
brodé de roses, accusait plus fidèlement ses formes gra-

cieuses... Ses yeux noirs, sous l'arc superbe de ses noirs sourcils, rayonnaient d'un éclat heureux et fier... Ses dents blanches, comme la perle de l'Océan, contrastaient avec le brun velouté de son visage, et ses longs cheveux d'ébène, déroulés sur ses épaules, la drapaient comme un second manteau.

Enfin Karl rompit le silence : — Maria, murmura-t-il, tu m'as dit ce soir que ta vie est une page de douleurs, que tu n'as trouvé nulle part un cœur où reposer le tien... Que tu es orpheline... Eh ! moi aussi j'ai souffert, et je souffre encore, car la fatalité m'impose comme un devoir, une vengeance bien terrible,.. J'ai comme toi cherché le bonheur, comme toi, je n'ai trouvé partout qu'indifférence et déception... Seul de ma famille, je reste au milieu de ce monde égoïste.... Maria... nos destinées se ressemblent, tous deux nous avons pleuré, tous deux nous aimons... Veux-tu être comtesse de Romelstein ?

Deux larmes de bonheur brillèrent dans les yeux de la jeune chanteuse, mais elle ne répondit point.

Karl était là, penché devant elle, respirant à peine et n'osant lever la tête, tant il craignait, de lire un refus sur le visage de son amante, tant il avait peur, hélas ! de voir s'évanouir comme toutes les autres, cette dernière, cette bien douce illusion !...

Quelques secondes passèrent, lentes comme des siècles, et Maria se taisait toujours, et Karl attendait dans une attitude pleine d'angoisses et de reproches... Il reprit enfin avec l'accent de la douleur : Oh ! ma bien-aimée, me refuseras-tu cette parole de vie ? Veux-tu être à moi, Maria ?

— Oui, répondit-elle, pour la vie et pour l'éternité !

Karl détacha de son cou une bague magnifique, qu'il portait en souvenir . . . et la mit au doigt de son amante, puis s'inclinant, il posa sur le front pur de la jeune fille ses lèvres tremblantes d'émotion et de bonheur.

Ils se retirèrent alors à l'angle du balcon et s'assirent au milieu des fleurs. Ils restèrent là bien longtemps, les mains entrelacées, parlant de l'avenir sans doute, se disant tout bas leurs rêves, leurs espérances... Puis faisant silence pour écouter les harmonies de la brise, qui pleurait dans les arbres, et mêlait des fleurs parfumées aux boucles confondues de leurs cheveux.

L'orient s'empourpra. Quelques rayons passèrent sur la montagne comme d'immenses traits de feu, les étoiles pâlirent et s'effacèrent dans la glace du fleuve. La jeune femme se leva.

Demain, Karl, demain dit-elle, je te conterai ma vie toute entière.

— Oh! demain sera bien long à venir;... le jour ne paraît pas encore.

— Si, Karl, voici le soleil qui se lève sur la montagne en feu. Voici le fleuve qui brille entre les roseaux, voici les fleurs de la nuit et de l'amour qui se referment humides de rosée. Et là haut, la sentinelle du jour, l'alouette s'élance vers le ciel, en chantant son hymne à l'aurore... Si, Karl, c'est le jour, c'est l'heure du départ !

— Déjà... comme vont me paraître longues ces heures de séparation !

— Karl, reprit la jeune femme, n'es-tu pas toujours près de moi; n'es-tu pas ma vie, mon âme, mon bonheur ?.... Je serais morte si je ne t'avais vu.... L'instant où ton' amour s'envolerait de moi, serait le dernier de ma vie... Mon âme se replierait comme ces fleurs devant la lumière, et je mourrais pour t'aimer encore.

— Mourir, dit Karl, peut-on mourir quand on aime, quand on est heureux ?

Au revoir, ma belle comtesse, fit-il en effleurant de ses lèvres le front de son amante.

— Adieu, Karl.

— Adieu, Maria.

Ils se quittèrent le sourire du bonheur sur les lèvres. Le
comte descendit, non sans se retourner bien des fois, dans sa
nacelle amarrée à l'angle du jardin. Comme il passait sous le
balcon pour gagner le milieu du fleuve, un objet blanc et léger vint tomber à ses pieds dans le fond de la nacelle. Il le
ramassa précipitamment. C'était une rose blanche,... touchant
emblême du candide amour de la jeune fille. Karl posa sur
son cœur cette fleur bien aimée, puis il leva la tête et vit
Maria qui, penchée sur le balcon, lui faisait de la main un
geste d'adieu !

CHAPITRE II.

Guerre de buverie ; heurt de gobelets ,
et munitions de gueule...
Ventredieu , mon nez soit peint comme
une gigne.. trinque... trinque.
LE BIBLIOPHILE JACOB.

Le café des Acacias, situé sur le bord de la Meuse , était , il y a quelques années, le rendez-vous habituel des étudiants de l'université liégeoise.

Cet estaminet faisait fortune à l'époque dont nous parlons, grâce aux soins de Madame veuve Depré et de Mademoiselle Julie sa fille.

La dame Depré, excellente caricature flamande, aux joues pleines et rebondies, aux allures franches et brusques, égayait les jeunes consommateurs par ses réparties joyeuses et son gros rire communicatif.

Mademoiselle Julie était une charmante brune au teint pâle, aux yeux noirs, aux lèvres roses, au geste plein d'une paresseuse volupté , au... au... bref une délicieuse personne... je vous jure... car je l'ai connue, ami lecteur. Elle avait dix-huit ans alors, j'avais, moi, le bonheur d'en avoir dix-neuf... et, vous avez été jeune aussi... ou peut-être l'êtes-vous encore, ce qui vaut infiniment mieux... vous ne rirez donc point si je vous dis en confidence que je remarquais dans le sourire, dans les yeux, dans la pose, dans les cheveux bruns de mademoiselle Julie une foule de choses agréables qui me rendaient tout joyeux, qui me faisaient rire, boire, chanter, fumer, danser, avec un abandon, une gaîté de cœur vraiment extraordinaires.

J'en étais venu à nouer ma cravate d'une manière convenable, à m'emprisonner le cou dans un faux-col, à brosser ma redingote tous les jours, quelquefois même à préférer le tabac et la bière forte de Mad. Depré aux savantes élucubrations de notre professeur.

Mais revenons aux Acacias.

Or, un soir de juillet 1846 il y avait grande réjouissance chez Mad. veuve Depré. Bon nombre d'étudiants s'y étaient réunis pour fêter le départ de Victor Briqueville, un de leurs joyeux camarades, que le soleil du lendemain ne devait plus retrouver à Liége.

Que le lecteur se figure une salle basse, enfumée et prenant jour sur le fleuve par quatre larges fenêtres qui s'ouvrent sur un balcon.

Cette chambre a pour tout ameublement un billard aux riches dorures, quelques tables souillées de liqueurs, des chaises, et, chose essentiellement pittoresque, d'élégantes *panoplies* de pipes *culottées* suspendues aux murailles.

Des bouteilles vides gisent sur le parquet, comme des braves tombés sur le champ de bataille, au milieu d'une profusion de cannes, de cigares éteints, de tasses ébréchées, de verres brisés, de foulards en lambeaux et de larges feutres gris aux banderolles noircies, le tout nageant dans une mare de bière, de vin, de punch et de schidam.

Des buveurs hors de combat sont étendus sur les chaises et sur les tables, dans toutes les poses de l'ivresse et du sommeil.

A gauche, près des fenêtres du balcon, quatre étudiants sont assis autour d'une table ronde, où s'élève en spirale la flamme d'un superbe brûlot ; cette lumière fascinante caresse d'un reflet bleuâtre leurs figures rouges et animées.

Mademoiselle Julie, assise à l'angle de la salle, s'appuie du coude contre la ferrure d'une croisée et regarde le fleuve en murmurant le fameux air wallon :

Vof sovnez ben mai tcher camérode
Do fameux tain do grand Napoléon.

La gaîté semble décroître avec la flamme du punch , quand tout-à-coup un des convives se lève et heurte sa tasse contre celle de son voisin.

— Allons, Raoul, dit il , en montrant les groupes de dormeurs, buvons à la santé des morts.

— A la santé des morts, balbutie Raoul, et d'un seul trait il vide une énorme tasse ; mais presque aussitôt sa tête alourdie retombe sur la table, et il s'assoupit en répétant : A la santé des morts !

— Buvez plutôt à la santé de ceux qui vivent , reprit la jeune fille en plongeant dans le bowl la tasse du dormeur.

— Tu as raison, Julie , à la santé de nos amis Karl et Saabel, et les verres se heurtèrent de nouveau.

— Par saint Léonard-le-Wallon, dit Saabel avec un accent britannique fort prononcé , je voudrais bien savoir ce que rêvent les camarades qui ont mis la tête sous l'aile, à côté de leurs tasses vides.

— Songe-creux à faire dormir tous les survivants, reprit la jeune fille, tâche plutôt de savoir à quoi songe ton ami Karl de Romelstein... Regarde, ne dirait-on pas qu'il rêve à l'immortalité....

— De l'âme ?...

— Non, de l'amour !

Un éclat de rire général accueillit cette réponse.

— Parbleu ! s'écria Briqueville, comment ne pas songer au punch et à l'amour en face de cette flamme bienfaisante qui réjouit notre vue, à côté de cette jolie brune qui réchauffe notre cœur ? Malheureusement le punch n'est pas éternel !

— Et l'amour ressemble au punch !

— Ami Saabel, vous parlez comme feue Minerve, dit Victor d'un air moqueur.

— C'est possible, répondit l'autre avec une nuance de fatuité. Quand j'ai bu, la liqueur me prête de l'esprit. Il paraît du reste qu'elle produit un effet contraire sur Karl. Tiens, je crois qu'il dort maintenant.

— Voilà qui est étrange, reprit Briqueville en relevant sa moustache brune. Et dire qu'il y a quelques semaines ce germanique buveur eût mis sous la table dix Templiers ! Quelle verve ! Quelle gaîté ! Quel entrain ! C'est à n'y rien comprendre. Depuis un mois son caractère est tout autre. Proposez-lui un cigare... il rêve ; offrez-lui du punch... il dort. Qu'une joyeuse chanson vienne le réveiller , il vous regarde avec des yeux.... Mort de satan ! des yeux qui vous font tourner la joie sur le cœur. Savez-vous que cet état devient inquiétant ? Je n'y vois qu'un remède ; pour le tirer de là il faut faire à dame Mélancolie une glorieuse libation de Bordeaux.

— Et si le remède échoue ?

— Alors, ma foi, il est incurable. Je le classe dans la catégorie des quackers ou des amoureux.

— Ou des Anglais qui ont le spléen , fit Saabel en riant ; puis il se mit à chanter d'une voix fausse et gutturale, en battant la mesure avec sa tasse.

Qu'à flots le vin ruisselle
Et que mon corps chancelle,
Tout près de trébucher,
Que ma lèvre s'embrâse,
Et jusqu'au fond du vase
Mon bras ira puiser.

— Tais-toi, Saabel, fit la jeune fille, tu vas faire peur aux oiseaux de nuit avec ta voix d'outre-mer. Elle ouvrit en même temps la porte du balcon, et posa ses deux bras nus sur le fer de la grille.

— Tiens, Victor , reprit-elle après un moment de silence ,

ne dirait-on pas voir un homme se hisser sur le balcon de la chanteuse?

— Un homme? dit Victor en se levant avec curiosité , en es-tu bien sûre, Julie?

— Regarde, dit-elle.

Il n'y avait pas à s'y tromper. Un homme venait en effet de mettre le pied sur le balcon de l'étrangère. Cet homme , enveloppé dans un large manteau, se retourna pour jeter un coup-d'œil derrière lui, puis il ouvrit la porte et disparut dans l'appartement.

— Hum ! diable ! voilà qui est étrange, fit Saabel les yeux écarquillés.

Le bruit d'une rame fendant l'eau arriva jusqu'aux témoins de cette scène nocturne, une nacelle qu'ils n'avaient pas remarquée d'abord, tourna sur elle-même , légère comme une coquille, et descendit rapidement le fleuve.

— Dix bowls ! vingt bowls de punch ! s'écria Saabel, pour qui me dira le nom de ce fortuné visiteur ; il allait continuer, lorsque Victor, portant un doigt sur ses lèvres, lui fit signe de se taire.

— Belle Julie, dit Briqueville, nos amis dorment, nos têtes sont lourdes, le fleuve est calme, allez mettre quelques bouteilles de Bordeaux dans la nacelle qui est amarrée à la porte secrète du jardin.

La jeune fille sortit aussitôt. Au bruit de sa marche, Karl leva la tête, mais ne voyant dans la salle personne qui donnât signe de vie, il laissa retomber dans ses mains son front large et brûlant.

Une minute après les deux étudiants venaient reprendre leurs places.

— Eh bien ! fit Saabel, avec un geste interrogateur.

— Eh bien ! reprit Victor , nous connaissons l'heureux amant de la mystérieuse prima-donna. Nous connaissons....

nous connaissons... par l'âme du grand William. Je ne vois pas trop ce que nous connaissons... ce diable d'homme en manteau est aussi incompréhensible que Maria elle-même.

— Pour toi, Saabel, oui, répondit Victor, tandis qu'un nuage rapide contractait sa figure... mais pour moi.... Non ! j'ai vu cet homme déjà... entre nous deux, il y a la pierre d'une tombe.

— Une tombe ! fit le jeune Anglais en posant sur la table la tasse qu'il portait à ses lèvres.

— Je dis, continua Victor d'une voix sourde, que cet homme est un traître, et que ce traître est sans doute l'amant de la chanteuse, et...

— Et que tu mens comme un misérable ! dit Karl en se levant d'un bond, pâle, hagard, et les mains crispées sur la table.

Victor leva les yeux sur le comte. A l'expression terne de son regard, il le crut ivre, et reprit en s'adressant à Saabel :

— Je disais donc que l'amant de la chanteuse est un...

— Je te répète, hurla Karl, qu'il n'y a pas d'autre amant que moi Karl de Romelstein, puisque Maria est ma fiancée, et que si ta langue d'ivrogne ose encore prononcer ce nom pur et virginal, je te briserai, vois-tu, comme je brise ce verre.... et j'écrirai sur ton front lâcheté et calomnie !

Victor se leva.

— Alors, dit-il en fixant Karl, et la main droite étendue vers l'autre rive, si tu es le fiancé, toi, comte de Romelstein, celui que tout à l'heure j'ai vu sur le balcon, doit être le favori....

Il n'avait pas achevé que la cravache du jeune Allemand lui coupait la figure.

Julie entrouvrit la porte. — Tout est prêt, dit-elle.

— Bien, fit Victor, et s'adressant à Saabel : Ami, dit-il, éveille Raoul ; il n'est pas tellement ivre qu'il ne puisse voir deux hommes s'égorger.

Puis il sortit, invitant du geste Karl à le suivre.

CHAPITRE III.

Fatalité.

— Bonne promenade, Messieurs, crie la jolie brune.

— Bonne nuit, belle hôtesse, répond une voix d'homme, et la nacelle démarrée part sous le coup d'une puissante impulsion.

Quatre jeunes gens montent cette nacelle. Le premier, assis sur le banc de l'arrière, tourne le dos à ses compagnons. Les coudes sur les genoux et le menton dans les mains, il semble plongé dans une contemplation profonde. Le vent de la nuit, qui se joue dans ses blonds cheveux, couvre parfois de leurs boucles nombreuses sa belle et pâle figure. Cet homme est jeune, mais il a souffert ; car le cachet bistré du malheur entoure ses grands yeux noirs d'une auréole bleuâtre, et donne à sa figure, naturellement énergique, une apparence d'amère mélancolie.

C'est Karl de Romelstein.

Derrière lui, la partie inférieure du corps étendue au fond de la nacelle, et la tête sur le banc du milieu, se trouve Raoul Brissart. Sa bouche entr'ouverte, son regard terne, ses vêtements en désordre, tout, jusqu'à son front perdu dans une épaisse chevelure, prête à sa figure violacée l'apparence du plus profond hébétement. On dirait une tête de Kermesse flamande, vue au clair de lune.

2

Saabel, assis sur le banc du milieu, rame avec effort, mais rien dans ses traits n'annonce l'agitation intérieure.

Briqueville est debout à l'avant de l'embarcation. Un pied dans la nacelle, l'autre sur le bord, les bras croisés et la tête découverte, il préside à cette étrange promenade. L'ombre de sa haute taille glisse rapidement sur les flots, le vent soulève ses cheveux bruns, et les rayons de la lune qui se brisent sur son impassible figure l'éclairent d'une lueur funèbre.

. . . .

Tout-à-coup la nacelle heurta l'angle d'un jardin.

— Quelles armes faut-il prendre ? dit Saabel en sautant sur la rive.

— Des pistolets, répondit Victor, nous sommes de même force.

Cinq minutes après, Saabel, après avoir déposé une boite dans l'embarcation, reprenait sa place de rameur, et la nacelle, cette fois, au lieu de suivre la rive, coupa droit le courant pour gagner un îlot dit *la cage des franches amours.*

Au même instant une voix lointaine jeta dans le silence de la nuit quelques notes mélancoliques et rêveuses. La nacelle s'arrêta.

— Qu'est-ce ? fit Saabel.

— La prima-donna qui chante, répondit Victor.

La voix recommençait. C'était un de ces hymnes douloureux que l'âme brisée chante à la mort quand la coupe de l'avenir déborde d'amertume. La voix, pure et fraîche comme un souvenir d'enfance, puisait dans l'inspiration du calme nocturne des intonations étranges et d'une expression impossible à rendre.

Karl s'était levé ; il écoutait avec émotion cette voix bien connue, qui semblait l'attendre au passage pour lui dire son hymne de mort. Son âme de poète se dilatait et toutes les cordes mystérieuses de son cœur vibraient à l'unisson de cette funèbre poésie.

La voix chantait en allemand :

La tombe est profonde et silencieuse,
Son bord est horrible,
Elle étend un manteau sombre
Sur la patrie des morts.

Karl essuya une larme.

— Chant de malheur, grommela Saabel.

— A la santé des morts ! fit Raoul en étendant ses bras vers les deux adversaires. A la santé des morts ! et sa tête glissa dans le fond du bateau.

On abordait à l'île des Franches-Amours. Victor sauta légèrement sur l'herbe ; les autres le suivirent, à l'exception toutefois de Raoul, qui dormait du sommeil de l'ivresse.

Saabel, après avoir noué au tronc d'un arbre la corde de la nacelle, ouvrit la boîte qu'il avait apportée, en tira deux magnifiques pistolets et se mit à les charger avec le plus grand soin.

Karl, silencieux et recueilli, écoutait la voix de son amante.

La mort n'a plus d'échos
Pour le chant du rossignol ;
Les roses qui croissent sur la tombe
Sont des roses de douleur.

Victor mesura les distances.

— Voici les armes, dit Saabel.

Karl se retourna en frissonnant, prit un pistolet et fut se mettre à la place que le jeune Anglais lui avait indiquée du geste ; il était pâle.

Quarante pas séparaient les deux adversaires.

Saabel, avant de donner le premier signal, consulta des yeux Victor Briqueville, qui, pour toute réponse, arma son pistolet.

L'étudiant frappa dans ses mains.... Karl fit un pas.

— Ami, dit-il, j'ai eu tort, mais c'est une colère que tu dois comprendre.... dis-moi que tu plaisantais, et tout sera fini.

— Regarde, répondit Victor, et du canon de son arme il indiquait les sanglantes morsures de la cravache.

— Frère, dit Karl avec tristesse, ne sais-tu pas que je suis horriblement heureux à ce jeu de mort.

Un sourire dédaigneux plissa les lèvres de Briqueville. Ils levèrent leurs pistolets en marchant l'un vers l'autre. Au cinquième pas les deux coups partirent : Karl s'arrêta.

Saabel, tremblant comme la feuille sous le vent d'orage, regardait, sans la comprendre, la scène qu'il avait sous les yeux.

Victor s'était arrêté sur le coup, comme étourdi par un choc violent, puis il avait repris sa marche vers son adversaire. Arrivé près de Karl, il le saisit par le poignet, le fit tourner sur lui-même, et, d'une main indiquant le balcon de la chanteuse :

— Là-bas, dit-il en s'affaisant à vue d'œil, là-bas... le baron Jahn de Pirmesense.

Il n'avait pas achevé, qu'on entendit une voix d'homme forte, vibrante et métallique qui accompagnait le chant suave de Maria. Ces deux voix chantaient :

> L'orage a soufflé sur mon âme,
> Ma voile est déchirée ;
> Où trouverai-je la paix ? où trouverai-je la paix ?
> Dans la tombe !...

Les voix se turent, et Karl se retourna brusquement pour interroger Victor : celui-ci, étendu sur l'herbe, la poitrine percée d'une balle, se tordait dans les convulsions de l'agonie.

Saabel, agenouillé, les mains de Briqueville dans les siennes, pleurait silencieusement.

Karl se pencha, ouvrit ou plutôt déchira la chemise du blessé et lui mit la main sur le cœur... il ne battait plus.

Adieu... frère, murmura-t-il, adieu... Puis il releva sa tête contractée par le désespoir, et les bras étendus vers le balcon de la chanteuse, il s'écria :

— Oh ! malheur sur cette femme ! malheur sur le baron Jahn de Pirmesense ! malheur sur moi... malheur... parce qu'il faut à la vengeance de ce mort notre sang à tous les trois !

Cinq minutes après Raoul, mollement étendu sur les gazons fleuris de l'île, rêvait punch et maîtresses, tandis que la nacelle, manœuvrée par une main de fer, glissait rapide comme une hirondelle marine sur les flots argentés de la Meuse.

CHAPITRE IV.

Comment la tuerai-je, YAGO.

Une heure après la fuite de Karl , une nacelle remontait la Meuse. A sa marche irrégulière on devinait sans peine qu'elle manœuvrait pour sortir du courant et gagner la rive gauche. A peine eut-elle opéré ce mouvement dans sa direction, qu'une autre nacelle, abandonnant le poste qu'elle occupait dans une anse du fleuve s'avance vers la première.

— Holà , fit une grosse voix dans la barque qui remontait, gare la coquille.

La coquille, pour toute réponse, se mit en travers.

Le batelier fit un juron épouvantable ; mais se radoucit presque aussitôt en reconnaissant l'individu qui manœuvrait la nacelle.

Les deux hommes se levèrent et se mirent à causer tout bas.

Leur conversation fut courte. Le batelier tendit la main , examina une à une les trois pièces d'or qu'y avait mises l'étranger ; puis, avec un geste de reconnaissance , il remit à ce dernier son feutre noir et son manteau gris.

— Est-ce tout ? fit-il après cet échange.

— Oui, adieu !

Et les deux barques se quittèrent. L'une descendit le fleuve qu'elle venait de remonter, et l'autre vint s'établir sous le balcon de la chanteuse.

Une heure passa. Les étoiles brillaient dans le fleuve comme de mystérieux diamants incrustés dans les vagues profondes. Les rayons indécis de la lune, à demi-cachée par les nuages, allongeaient indéfiniment la silhouette des grands arbres, debout sur la rive comme de gigantesques sentinelles. Les fleurs ouvraient leurs riches corolles aux baisers des zéphyrs, aux larmes de la rosée. La fraîcheur descendait des montagnes sur la plaine endormie, et le pêcheur, enveloppé dans son manteau, gardait toujours une immobilité complète. On eût dit une statue accroupie.

Un homme parut enfin sur le balcon.

— Etes-vous là ? fit-il.

— Oui, répondit le marin, saint Léonard nous protège !

L'inconnu descendit dans la nacelle, s'établit sur le banc de l'arrière, et laissant aller sa tête dans ses mains, il parut réfléchir.

Un vigoureux coup de rame fit prendre le large à la barque.

L'étranger semblait perdu dans sa rêverie, lorsqu'une violente commotion lui fit lever la tête. La nacelle avait tourné sur elle-même, et comme il cherchait à s'expliquer cette manœuvre, il vit le pêcheur, qui, debout à l'extrémité de l'embarcation, le regardait avec un sourire étrange.

— Eh bien ! fit-il avec un geste d'impatience.

Le pêcheur se découvrit lentement... La lune, dégagée des nuages, éclaira la figure pâle et les yeux injectés de sang du comte de Romelstein.

L'inconnu se leva comme mû par un ressort. Oh ! dit-il, un spectre ! et de ses deux mains crispées il se couvrit les yeux.

Le comte se prit à rire... comme doit rire Satan.

— Est-ce que tu crois en Dieu, baron ? dit-il.

— Grâce ! Romelstein, grâce !

— Ecoute, Jahn, poursuivit Karl d'une voix affreusement calme ; il y a ce soir deux ans que j'ai juré ta mort sur le cadavre de mon frère Ludwig ; il y a deux ans que je te cherche.... deux ans longs comme des siècles de damnés. Ce soir le démon t'a jeté sur ma route pour me briser ma dernière espérance. Béni soit-il ! A genoux, Jahn de Pirmesense, tu vas mourir !

— Pitié Karl, grâce.... pitié.... Je me repens... oui, je suis un misérable... mais un homme sans défense... le tuer ! Oh ! grâce... grâce !

Et le malheureux se tordait les mains, il pleurait, il sanglottait... il rampait sur ses genoux.

— Meurs, assassin ! hurla Romelstein, en lui assénant sur la tête un coup de rame qui le fit choir dans l'eau comme une masse inerte.

Karl se pencha sur le bord de la nacelle, haletant, la bouche entr'ouverte et la rame haute.

Une minute... deux minutes... trois minutes passèrent ; quelques bouillons parurent à la surface de l'eau, et tout redevint calme. L'étudiant jeta au gouffre un rire muet :

— A l'autre ! dit-il.

. . . .

Quelques minutes plus tard la nacelle s'arrêtait sous les fenêtres de la chanteuse.

Karl escalada rapidement le balcon, traversa la première salle ; arrivé près de l'appartement de sa fiancée, il ouvrit la porte avec précaution.

La jeune femme, la tête inclinée sur la poitrine, priait, agenouillée devant un Christ d'ivoire. La lune éclairait d'un vague rayon sa blanche robe, sa pâle figure et ses noirs cheveux. Elle était belle ainsi, belle comme un ange exilé qui rêve au ciel !

Le jeune homme s'arrêta un instant.

— Démon ! oh démon ! murmura-t-il ; puis il continua de marcher, sans qu'elle parût l'avoir entendu. Il posa sa main fiévreuse sur l'épaule nue de la jeune femme.

— Tu pries, Maria ? fit-il d'une voix sourde.

La jeune femme bondit, fière et courroucée. Qui êtes-vous ? Que me voulez-vous ? dit-elle, et sa main cherchait le cordon d'une sonnette.

— C'est moi, répondit le comte en jetant son chapeau sur le tapis, moi, Karl, le frère de l'homme assassiné... moi, le meurtrier de Briqueville... moi, le fiancé de la maîtresse du baron Jahn de Pirmesense... moi... moi... Et il cloua sur la jeune femme son regard fascinant, comme pour lire dans ses yeux la pensée de son cœur.

— Oh ! Karl que veulent dire ces menaces ? Ta main est glacée... tes paroles sont brûlantes comme le remords ; pourquoi me parles-tu d'assassin, de meurtre ? Tu souffres, Karl ?

— Es-tu prête à mourir ?

— Mourir, Karl, et pourquoi mourir ?... est-ce que tu ne m'aimes plus ? est-ce que je ne suis plus ta fiancée ? Au nom du ciel, Karl, que veux-tu de moi ? Mon Dieu ! ton regard me fait mal.

Le comte saisit le bras de la jeune femme et l'entraîna vers le balcon. Arrivé à l'extérieur, il la fit tomber à genoux.

— Ecoute, dit-il. J'étais sur l'autre rive quand le baron est entré ici... dans ta chambre. J'étais là-bas quand tu as chanté la tombe... là-bas, où tu vois cette ombre agenouillée. C'est Saabel, qui pleure sur le cadavre de Briqueville, mon ami... mon second frère... que j'ai tué pour toi ! J'étais là, sous le balcon, lorsque Jahn est sorti... Jahn, l'assassin de Ludwig ! l'assassin de mon amour ! Il heurte maintenant sa tête pâle aux pierres de la rive... il t'attend ! Tu as chanté ce soir ton hymne de mort, tu as prié.... debout... debout, femme, tu vas mourir !

L'éclair d'un poignard jaillit sous le manteau de l'étudiant.

La jeune femme se leva. Karl, dit-elle, ne me juge pas sans m'entendre... écoute-moi...

— Silence, démon !

— Un mot... un seul mot pour t'épargner un crime.

— Un crime ! un crime ! eh bien ! un crime... ce sera le second aujourd'hui.

— Au nom de ta mère... je vais te dire, Karl !...

— Tais-toi, femme, tu mentirais...

— Ainsi , tu crois tout ?

— Tout... oui, tout... entends-tu, prostituée...

— Eh bien ! tu as raison , Karl... il faut que je meure, puisqu'à tes yeux je suis coupable... mais un jour tu pleureras ma mort, car je suis innocente. Accorde-moi seulement une grâce : que je puisse revoir une fois encore le portrait de ma mère.

— Va , dit Karl. Puis il la regarda s'éloigner. C'est une sainte chose, murmura-t-il, que le portrait d'une mère.

— Oh ! par Satan, reprit-il après un moment de silence, elle est encore plus belle que le soir où je la vis pour la première fois ! Comme sa bouche sait prendre un sourire menteur ! Comme sa voix est douce... douce comme un chant de séraphin ! Et ses yeux !... oh ! ses grands yeux noirs , brillants comme ces mondes inconnus semés là-haut... Oh! ses yeux me font mal ! Je crois qu'elle a parlé... non , c'est le bruit du vent dans les arbres... Sur mon âme , je l'aime encore... Jamais... non jamais l'œuvre de Satan n'emprunta mieux les formes de l'ange... Allons... elle est si jeune pourtant.... Je crois qu'elle a dit que je la pleurerais un jour...

En ce moment on entendit un grand cri sur le fleuve.

Karl se retourna. Un homme courait comme un insensé sur la grève de l'ilot.

— Ah ! fit le comte, c'est Saabel qui me crie courage ! Il essaya sur la paume de sa main la dent de son poignard et entra dans la salle.

— Es-tu prête , dit-il ?

Oui, Karl, que ferai-je dans ce monde sans ton amour. Tu m'embrasseras quand je serai morte. Karl, je t'aime !

Il la saisit aux cheveux, et l'attira vers lui, courbée comme un lys que fouette l'ouragan.

— Adieu, murmura-t-elle, et les mains jointes sur la poitrine, les paupières closes, elle attendit la mort.

— Ange et démon, dit Karl, en effleurant de ses lèvres brûlantes, le front glacé de la jeune femme. Adieu. Il leva son poignard.

Mais ses regards s'arrêtèrent tout-à-coup sur le portrait que la chanteuse tenait, dans ses mains jointes : — le poignard échappa de ses doigts convulsifs.

Il voulut crier, et n'eut point de cri !...

La jeune femme ouvrit les yeux: Oh Karl ! fit-elle comme la mort est lente à venir. As-tu peur, ami?

Au son pur de cette voix, le comte revint subitement à lui. Qui t'a donné ce portrait ! fit-il d'une voix rauque, saccadée, qui trahissait l'orage de son cœur, sur ton âme: qui t'a donné ce portrait?

— Ma mère !

— Tu mens, par l'enfer tu mens, tu n'as jamais connu cette femme.

— Cette femme, Karl, c'est Thérèse Zanga, la Bohémienne, c'est ma mère !...

Le comte entraîna la jeune fille sur le balcon, et lui montrant du geste le ciel émaillé d'étoiles, il lui dit :

— Ecoute, femme... et ne te ris point de ma douleur ; car ta vie est trop près de ta mort. Y a-t-il long-temps que tu n'as vu ta mère ?

— J'avais dix ans à peine lorsqu'un soir dans une rue d'Aix-la-Chapelle, un homme m'enleva et me conduisit en Italie.

— Oh ! maudit, maudit ! fit le comte, les poings levés au ciel ; puis il ajouta : et tu ne l'as pas revue depuis ?

— Non, car il y aura douze ans bientôt que je l'ai pleurée, elle et mon bien-aimé frère Karl.

L'étudiant tressaillit et s'appuya contre le fer du balcon.

— Ecoute, Maria, dit-il d'une voix triste comme un chant du cercueil ; ta mère est morte en te pleurant. J'ai creusé moi-même sa tombe ; parce qu'on la disait damnée. J'ai prié sur la terre humide de sa fosse, bien longtemps, va... et puis j'ai quitté le Burschell, emportant cette bague, que la pauvre femme m'avait remise une heure avant sa mort... la seule chose qu'elle pût me laisser... à moi Karl... à moi le fils de la Bohémienne !

Le comte ouvrit ses bras à sa sœur.

Ils restèrent ainsi quelques minutes, muets tous les deux, et n'osant pas même lever les yeux, tant l'avenir leur semblait formidable.

Ils se séparèrent enfin, et le comte, après s'être agenouillé, prit dans les siennes une des mains de la jeune fille, qu'il inonda de larmes.

— Sœur, murmura-t-il, me pardonneras-tu ?...

La jeune femme leva les yeux au ciel. Karl, dit-elle d'une voix grave et mélancolique, lève-toi... regarde ta sœur... et donne lui le baiser d'adieu... car elle est morte pour ce monde !

CHAPITRE V.

Et la gloire! vain bruit qui dans le bruit expire,
Atôme où le soleil quelques instants se mire,
　　Et par le vent ensuite à la mer emporté,
Couronne où le laurier cache une affreuse épine,
Bel ange qui vous plonge un fer dans la poitrine,
　　Un nom sur une pierre, et l'envie à côté!!

Un soir de janvier 18.. une foule compacte se pressait aux abords du théâtre d'Aix-la-Chapelle.

Des groupes nombreux se formaient autour des affiches, et il était facile de reconnaître, au bruit des discussions, comme à la multiplicité des gestes, que tous ces bons Germains prenaient un intérêt sérieux à la représentation annoncée.

En ce moment un jeune homme, dont le costume fantasque décélait l'origine britannique, traversait la place. Il allait en véritable désœuvré, heurtant les uns, éclaboussant les autres, sans préméditation, bien entendu; du reste essuyant avec un calme imperturbable les Ah! les Monsieur! Imbécile! etc. plus ou moins accentués, que soulevait son passage.

Les rassemblements formés près du théâtre l'intriguèrent, sans doute; car il s'en approcha, et les coudes aidant, il fut bientôt en face d'une affiche sur laquelle on lisait:

«Aujourd'hui 5 janvier, 1re représentation du *Masque de Satan*, par un anonyme.

»Le principal rôle sera rempli par un artiste étranger.»

3

L'Anglais prit une carte avec la nonchalance particulière au gentleman et entra. La représentation commençait au milieu d'un profond silence.

Avez-vous réfléchi, lecteur, lorsque vous alliez par la rue, pauvre, silencieux, et qu'un riche équipage vous éclaboussait en passant, avez-vous réfléchi aux antithèses sociales ?

Avez-vous remarqué le sourire méprisant d'un merveilleux en gants jaunes, à la vue de votre chapeau bosselé, de votre pantalon éraillé ?

Vous êtes-vous demandé ce que signifie le mot justice avec le respect du voleur millionnaire et le dédain du travailleur pauvre, mais honnête ?

Avez-vous eu faim... faim à maudire la vie, à briser votre crâne aux angles d'un mur ?

Vous êtes-vous dit alors que le seigneur jette à sa fantaisie d'un jour, ce que vos sueurs ne pourraient gagner en dix ans.

Vous êtes-vous assis au foyer du pauvre, lorsque le père, usé par la fatigue, miné par le besoin, se meurt sur un grabat, que la mère pleure et que les enfants demandent du pain ?

Avez-vous rencontré le soir au coin des rues, ces pâles filles de nuit qui vendent leur corps... elles aussi pour du pain... je ne dis pas leur âme ; elles n'en ont plus ?

Avez-vous compris que ces tristes créatures, avec une bonne éducation et le prix légitime du travail, auraient pu être, sinon toutes heureuses, du moins pures et respectées ?

Eh bien ! si vous avez vu, pensé, réfléchi, souffert, si vous êtes un homme enfin, vous comprendrez ce que c'était que le *Masque de Satan*.

Ce n'était pas, à coup sûr, une de ces œuvres faites comme l'habit d'arlequin de mille pièces mal rapportées.... Ce n'était pas non plus un drame coulé dans le moule de nos prétendus grands maîtres, une de ces compositions indigestes dont l'intention fait tout le mérite. Ce n'était ni un vaudeville, ni une comédie, ni un mélodrame, ni même une tragédie... mais c'était tout cela, c'est-à-dire qu'au lieu de peindre un coin de la société et de l'enluminer d'après les exigences de la mode, l'auteur avait pris au collet la civilisation toute entière... il avait déchiré ses oripeaux, il l'avait déshabillée, depuis le mendiant qui tend la main à l'angle des rues jusqu'au richard qui dépense des millions pour entretenir son estomac, ses chevaux et ses maîtresses ;

Une œuvre passée au creuset d'une âme de feu et qui semblait écrite avec un poignard trempé de lave et de fiel.

Le peuple trouvait cela sublime... les gens comme il faut trouvaient cela charmant. N'importe, ils battaient des mains... eux aussi... feignant de ne point voir qu'ils étaient là sur la scène, garottés, côte à côte avec leurs vices... face à face avec leurs turpitudes... ils battaient des mains... je crois même qu'ils pleuraient !... C'était touchant ! !

Aussi, lorsque vint le dernier mot, lorsque les acteurs s'inclinèrent pour saluer le public, des milliers de voix crièrent : l'auteur ! l'auteur!

La toile se leva, il se fit un grand silence.

Le régisseur du théâtre s'avança, conduisant par la main l'acteur qui avait rempli le premier rôle. Cet homme était pâle et sa tristesse semblait bien grande en face de cet enthousiasme.

— Monsieur Karl Zanga, auteur du *Masque de Satan*, dit le régisseur d'une voix claire et haute.

— Non, répondit un jeune homme, penché au bord de sa loge, non... mais Karl de Romelstein !

L'auteur leva la tête et reconnut Saabel. Ses genoux fléchirent et le régisseur le reçut évanoui dans ses bras.

Les mains battaient... les voix criaient... les couronnes pleuvaient....

Pauvre Karl !

CHAPITRE VI.

Est-il riche ?
Oui...
Oh ! le brave homme ! -
Conversations entre gens civilisés.

Le lendemain, Saabel reçut une volumineuse lettre scellée de noir ; il l'ouvrit précipitamment. Voici ce qu'il lut :

UNE VIE D'HOMME.

J'ignore le lieu de ma naissance, mais lorsque, meurtri par le présent et dégoûté de l'avenir, je descends dans le passé jusqu'aux premiers de mes rêves, je me vois courant par les rues étroites et sombres de la vieille cité de Seranus Granus et de Charlemagne.

Aix-la-Chapelle est donc ma patrie, puisque c'est la patrie de mon premier souvenir, de ma première espérance, de ma première joie, de ma première douleur.

Ma mère était une pauvre Bohémienne chanteuse. On l'appelait la Thérésa. C'était une femme grande, pâle et silencieuse. Elle était jeune encore à l'époque dont je parle, car elle avait trente ans à peine et pourtant on lui en eût au moins donné cinquante. Des cheveux blancs comme la mousse des vieux chênes s'échappaient de sa cape brune, en voilant à demi son front sillonné de rides profondes. Ses joues maigres et brunies, son profil sévère ; ses lèvres minces, toujours contractées par une pression douloureuse ; ses yeux fixes comme ceux de l'aigle, mais noirs et caves, donnaient à sa physionomie un de ces caractères étranges où viennent se réfléchir la douleur et l'orgueil. Miroir fantastique que l'âme comprend et que la parole ne peut définir.

Il n'y avait plus rien de la jeunesse dans cette vieille femme de trente ans, rien que sa taille droite et fière, son geste rapide, ses yeux brillants et sa voix pure comme un rêve de l'enfance, mais parfois empreinte d'une impitoyable ironie.

Elle se promenait souvent des heures entières, les bras croisés, la tête penchée sur la poitrine, dans notre chétive mansarde, d'où la vue s'étendait sur le Burscheid.

Et nous jouions, ma sœur et moi, et nous courions heureux... oui heureux, par la petite chambre étroite et sombre. Nous ne savions pas, nous pauvres enfants, que notre mère était triste, nous ne comprenions pas tout ce qu'il y avait d'amertume sous ce front couvert de rides. Nous ignorions le passé ; le présent, pour nous, c'était la joie ; et l'avenir.... oh l'avenir ! c'étaient les jeux du lendemain.

Parfois il arrivait qu'au milieu de nos courses bruyantes nous heurtions la promenade silencieuse de notre mère. Elle s'arrêtait alors, relevait la tête, et nous voyant à ses pieds, elle se penchait lentement, nous embrassait au front avec un doux sourire, puis elle se levait pour reprendre sa marche et sa tristesse interrompues.

Plus tard, quand, mordu au cœur par les désillusions, j'ai voulu chercher dans mon âme ce vague parfum des premières années, cette grande femme pâle m'est apparue comme le génie de la haine présidant aux joies suaves de mon enfance.

Thérésa nous emmenait quelquefois avec elle dans ses courses nocturnes. Nous allions de café en café, chantant, ma sœur et moi, les vieilles ballades que nous avait apprises notre mère.

3.

Ces jours de sortie étaient les plus productifs. Chacun donnait à Maria, chacun lui apportait son obole d'admiration ou de plaisir : chacun voulait connaître cette Bohémienne encore enfant et déjà sauvage et belle comme la poésie de ses vieilles ballades.

L'hiver de 18.. vint sombre et glacial. Ma mère, que son énergie seule avait soutenue jusqu'alors, tomba dangereusement malade.... Dès lors je compris la vie. La misère était l'hôte de nos jours, la douleur vint donner un fantôme à toutes nos nuits. Couchée sur un grabat, à peine couverte de haillons, la pauvre Bohémienne était encore plus triste et plus silencieuse que d'habitude. Indifférente en apparence à tous nos soins, elle semblait perdue dans un abîme de douloureuses réflexions.

Quoique enfant, je compris qu'il lui fallait de prompts secours. Un soir Thérésa s'endormit. Nous avions épuisé toutes nos ressources ; je pris une guitare pendue à la muraille et je me tournai vers Maria : elle m'avait deviné ; car elle était prête. Nous sortîmes en silence, craignant d'éveiller notre mère, qui nous eût défendu de partir seuls.... et pourtant il fallait la secourir.

Comme nous passions devant la brasserie du *Grand-Frédéric* j'entendis à l'intérieur un bruit confus de voix et de chocs de verres.

— Entrons, dis-je à ma sœur.

La salle était comble, je préludai par quelques notes graves et tout se tut... puis Maria se mit à chanter une romance bien douce et bien touchante que la Bohémienne nous avait apprise le premier jour de sa maladie ; cette romance s'appelait *Un cœur de mère*.

La voix de ma sœur, tremblante au premier couplet, prit au second, une force et une souplesse que je ne lui avais jamais connues. Elle chanta, la pauvre enfant, comme doivent chanter les anges implorant la pitié de Dieu. On n'entendait plus rien dans la salle que le bruit monotone des pendules. Le cou tendu, immobiles, silencieux, tous ces buveurs, moitié ivres, semblaient sous le coup d'une magique admiration. On eût dit un timbre argentin qui sonne l'heure entre deux raffales de l'ouragan. Lorsque Maria eût fini, toutes les mains battirent et un homme que je n'avais pas remarqué dans la foule s'avança vers elle. Cet homme portait un costume étranger ; il était grand et beau. Une longue barbe noire tombait sur sa poitrine ; il prit doucement la main de Maria...

— Qui êtes-vous, ma belle enfant ? dit-il.

— La fille de Thérésa, Monsieur.

— Ah ! et c'est votre mère qui vous apprend la musique ?

— Je ne l'ai jamais apprise, Monsieur ; la Bohémienne ne la connaît pas non plus.

L'étranger la regarda quelques secondes avec un air de surprise et d'admiration indicibles ; puis il reprit :

— Et comment vous appelez-vous, s'il vous plaît ?

— Maria, Monsieur.

L'inconnu effleura de ses lèvres la main de ma sœur ; puis il se leva calme et grave :

— Enfant, dit-il d'une voix lente et solennelle, tu seras reine un jour, non par le sceptre, mais reine par la toute-puissance du génie !

A peine eût-il proféré ces paroles, qu'il s'enveloppa d'un manteau et sortit. Nul ne connaissait cet homme.

Quelques minutes après nous reprenions le chemin du Burscheid, heureux d'apporter à notre mère de quoi calmer ses souffrances, car nous étions riches ; l'étranger, avant de sortir, m'avait mis dans la main une grande pièce d'or.

Je savais que, malgré le résultat de notre sortie, la Bohémienne nous en ferait un reproche ; aussi me mis-je à courir de toutes mes forces, afin d'arriver le premier et d'avoir à supporter tout seul les réprimandes de notre mère.

Je montai précipitamment l'escalier raide et tortueux ; ar-

rivé sur les dernières marches, je fis une halte de quelques secondes pour me remettre un peu de ma course. Je poussai
doucement la porte. Ma mère était assise sur son grabat, pâle,
les lèvres bleues et la tête penchée... Je courus m'agenouiller
à ses pieds.

— Karl, pourquoi es-tu sorti? me dit-elle d'une voix sèche.

— Parce que j'ai vu que tu souffres, mère, et qu'il n'y a
plus de pain.

Elle laissa tomber sa tête sur sa poitrine : Où est Maria,
dit-elle.

— Elle va monter, mère ; mais, ajoutai-je, ne la gronde
pas... c'est moi qui l'ai fait sortir.

Thérésa prit ma main, qu'elle posa sur son front... il était
brûlant!

— Tu souffres, mère? lui dis-je.

— Non, Karl, je ne souffre plus ; tu es un noble cœur,
mon enfant. Mais va te reposer, car il se fait déjà tard.

Je m'étendis sur une paillasse, résolu de veiller, mais la fatigue eût bientôt vaincu ma faible volonté d'enfant, et quelques minutes après je dormais d'un profond sommeil.

Tout-à-coup une main froide et nerveuse me saisit le poignet droit... Je me levai d'un bond en poussant un cri de terreur. En face de moi se trouvait une femme. D'une main
elle portait un flambeau et de l'autre elle m'étreignait le bras,
que je sentais pris comme dans un étau de glace. Sa robe
noire était blanche de neige, sa poitrine et son cou étaient
nus ; un tremblement convulsif agitait tous ses membres et
ses yeux brillaient d'un feu sombre à travers ses longs cheveux blancs déroulés sur son visage... C'était ma mère!!

— Où est ta sœur, me dit-elle d'une voix si déchirante que
je compris tout... Je m'affaissai sur mon lit sans répondre....

— Où est ta sœur, reprit-elle en se penchant sur moi comme
pour m'arracher la pensée du front. Malheureux! C'est toi qui

l'as perdue ! Et deux larmes sillonnèrent ses joues creusées par la souffrance. C'était la première fois que je voyais pleurer ma mère.... Il me semble que ces deux larmes étaient de sang !...

Je me relevai et je lui dis tout, notre départ, notre ovation à la brasserie du *Grand-Frédéric*, la pièce d'or de l'inconnu, notre retour. A mesure que je parlais je sentais ses doigts crispés se détendre. Je me tus et je m'agenouillai à ses pieds pour lui demander pardon. Je pris dans mes mains un pan de sa robe, et comme je levais la tête, je sentis deux gouttes tièdes me tomber sur le visage... Hélas ! c'était le baptême du malheur !

— Où est cet or ? me dit Thérésa.

Je tirai de ma poche la pièce que m'avait remise l'inconnu et je la lui donnai... Elle la prit et la jeta dans la rue. Puis elle leva lentement ses bras longs et décharnés... il n'y avait pas une étoile au ciel, et le vent de la tourmente lui soufflait la neige au visage :

— Oh ! maudit soit cet homme... maudit soit-il , c'est lui qui m'a volé mon enfant !

Le flambeau s'éteignit et j'entendis un corps qui heurtait le mur ou tombait sur le parquet.

CHAPITRE VII.

Avez-vous eu vous, une mère?
Savez-vous ce que c'est que d'en avoir une?
VICTOR HUGO.

Le jour commençait à poindre quand ma mère sortit de son évanouissement. Elle promena dans la chambre ses regards éteints, et me voyant à côté de son grabat, elle me fit signe d'approcher.

Karl, dit-elle d'une voix brisée par la souffrance, je vais mourir. Dans une heure tu seras seul au monde et tu es bien jeune encore. Ecoute-moi donc, mon enfant, et garde dans ton cœur les dernières paroles de Thérésa... ta mère. Tu m'as vue triste... vieille et brisée à trente ans... et tu t'es peut-être demandé d'où venait le chagrin de la Bohémienne, pourquoi ses cheveux étaient ainsi blanchis... Pourquoi, mon fils, c'est parce qu'il y a dans l'âme de ta mère une grande haine et une grande douleur... c'est parce que je suis Thérésa, et que ton père s'appelle le comte de Romelstein !

Ton père est un lâche, tu le chercheras ; il doit être à Berlin, tu iras le trouver et tu lui diras, qu'assise sur son lit de mort, Thérésa l'a maudit ! Et puis, quand tu seras devenu grand tu partiras pour l'Italie ; c'est là que tu trouveras ta sœur. Rappelle-toi bien que l'homme qui l'a enlevée est l'assassin de ta mère ! Mais il faut qu'avant de me venger tu ap-

prennes à souffrir ; il faut que tes yeux n'aient plus de larmes!
Les pleurs, vois-tu, font pitié aux hommes ! les pleurs sont
pour les faibles et pour les lâches !

Tu grandiras seul en pensant à ta mère, tu ne diras à personne que tu souffres, que tu es malheureux ; tu seras fier
sous le haillon, comme j'ai été fière sous la honte et l'ignomi-
nie... Un jour, tu te lèveras fort, car ton isolement t'aura
grandi et tu seras devenu un homme.

Pose-toi un but, marches-y sans t'inquiéter des obstacles...
Ne crains rien... rien que la faiblesse et la lâcheté ! Si un jour
tu fléchis sous l'adversité, si tu sens faiblir ton courage, sou-
viens-toi de Thérésa, et tu te relèveras fort comme elle.

Adieu ! dis à Maria que je suis morte en la pleurant. Le
froid de la mort me glace... tu prendras cette bague quand
je ne serai plus : c'est celle de ma mère, tu la porteras sur ton
cœur. Adieu ! pauvre enfant... songe à la Bohémienne qui a
beaucoup souffert et qui te lègue une haine et une vengeance !

Elle se tut. Je levai les yeux, sa tête était penchée sur sa
poitrine, sa bouche entr'ouverte, ses yeux ternes.

Je m'agenouillai et je pleurai...

Deux jours après la mort de ma mère, je quittai Aix-la-
Chapelle, non plus heureux, non plus indifférent, non plus le
Karl des jeux de Maria, mais triste, abattu, le cœur noyé de
fiel !

Quelques instants d'une grande douleur avaient fait de l'enfant un homme. Les deux larmes de Thérésa m'avaient initié
au malheur, et ses adieux m'avaient appris la haine.

Je marchais depuis deux jours triste et grelottant, l'image
de cette grande femme pâle debout dans mon cœur, et ses
dernières paroles sous le front. Je réfléchissais à l'abîme que
la mort de Thérésa venait de creuser entre mon passé et mon
avenir. Puis l'image de Maria passait rêveuse devant mes yeux.
Je voyais sa belle figure encadrée dans ses longs cheveux
noirs ; il me revenait parfois des lambeaux de mélodie, des

notes étranges de ses vieilles ballades... hélas ! tous ces chants étaient tristes comme le souvenir de ma sœur et ces notes profondes comme mon désespoir... Je m'arrêtais alors pour essuyer des larmes ; car je pleurais... oui, je pleurais malgré les paroles de Thérésa ; mais j'étais seul. Je n'avais à craindre ni le dédain, ni la pitié. A tous ces souvenirs déjà bien amers venaient s'en joindre d'autres. Je me rappelais la réponse du prêtre auquel j'avais demandé d'ensevelir ma mère. Un prêtre fier de sa soutane, d'une santé florissante, heureux de se sentir bien vivre.

— Ta mère, m'avait-il dit, n'a point de droit à une sépulture chrétienne. Ce serait un sacrilège d'implorer la miséricorde divine pour l'âme des païens. D'ailleurs, à quoi bon ? L'enfer ne rend point ceux qu'il dévore. La Bohémienne est damnée irrévocablement, et l'Eglise n'a point de prières pour les damnés. *

Cette réponse de l'homme de Dieu évoquait celle de l'homme du monde.

Le propriétaire de la maison, rue Burscheid, après avoir mis le séquestre sur les guenilles et sur la harpe de Thérésa, m'avait congédié en me disant : qu'il n'était pas assez sot pour me confier une chambre dont il me serait impossible de payer le loyer. J'avais dix ans alors, et l'hiver était rigoureux !

Puis je me rappelais encore l'indifférence de tous ces hommes qui m'avaient vu, moi, pauvre enfant, m'accrocher avec désespoir au cercueil de ma mère. Je les voyais détourner la tête, sans doute pour n'être point désagréablement affectés, et chacune de ces pensées torturait mon cœur.

Quelle effrayante leçon renfermaient pour moi ces deux jours ! Comme elles étaient tombées jeunes et flétries les illusions de mon enfance, sous les paroles de ce prêtre fanatique,

---

* Ce type est heureusement fort rare dans le clergé français.
                                         NOTE DES AUTEURS.

de ce bourgeois égoïste, et devant l'indifférence de toutes ces faces d'hommes civilisés !

Involontairement je murmurais ces paroles de la Bohémienne : "Toi qui souffres, chante et on t'accueillera, pleure et on te repoussera ! ! "

C'est au milieu de ces pénibles réflexions que je m'avançais vers Cologne. Depuis longtemps j'avais perdu de vue les tours de Juliers. Le froid était vif. Je m'arrêtais souvent pour tourner le dos à la bise qui me coupait la figure. De minces vêtements couvraient à peine mes membres engourdis, et parfois je sentais une odeur de neige et de glace me monter au cerveau.

La nuit vint, quelques rares étoiles se montrèrent dans le bleu sombre du ciel, la lune parut, tantôt cachée par d'épais nuages aux flancs neigeux, aux formes bizarres, tantôt découverte, pâle, et versant sur la campagne silencieuse ses rayons blafards. La plaine était déserte. On n'entendait que les plaintes du vent dans les arbres et les aboiements des chiens de ferme, qui semblaient répondre aux gémissements de la bise...

Ce deuil morne de la nature, l'âpreté du froid, toutes ces pensées funèbres, soulevées par la douleur et la faim, m'abattirent tellement que je fus tenté de m'asseoir au bord de la route et d'y attendre la mort.

Je m'arrêtai indécis.... mais tout à coup les paroles de Thérésa se présentèrent à mon esprit ; j'eus honte de ma faiblesse et je poursuivis mon chemin, fort de cette suprême énergie que donne le désespoir.

Arrivé au coude formé par la route à la base d'une légère élévation, j'aperçus une grande masse noire gisant dans la plaine : c'était Cologne. Je m'assis sur une borne et je levai les mains au ciel. Jamais situation, heure et lieu ne furent plus propres à inspirer de profondes méditations ; mon âme sembla briser ses chaînes et ressaisir un instant sa liberté. A droite le Rhin se déroulait dans la plaine. On eût dit un im-

mense boa faisant miroiter ses écailles verdâtres aux reflets de
la lune. A gauche les campagnes arides et couvertes de neige
allaient se perdre dans les profondeurs de l'horizon ; de loin
en loin l'œil découvrait sur cette étendue monotone quelques
plantes chétives, quelques arbres rabougris courbés par le vent
du nord. A mes pieds la vieille cité de Cologne, saisie par l'un
des bras du fleuve comme dans un cercle d'airain, présentait
à ma vue une masse impénétrable, d'où s'échappaient parfois
de vives étincelles. Ces lueurs fugitives faisaient jaillir de l'ombre, ici l'arête d'un toit, ailleurs l'angle d'une rue tortueuse
et sombre, plus loin les mille fantaisies d'un portail gothique,
ses ogives, ses moulures, ses fleurons et ses niches où reposent délaissées les idôles du moyen âge !

Ce spectacle m'avait fait oublier mes souffrances. Je voulus
me relever, mais tous mes efforts pour y parvenir furent inutiles. Le froid avait complétement paralysé mes membres. Je
ne souffrais plus, ma volonté seule restait, mais impuissante
à faire mouvoir un corps inerte. J'étais là, sur cette borne, à
quelques pas de la ville, à cinq minutes de la vie, comme un
homme sous le genou de son meurtrier, lorsque le poignard
se lève et qu'il voit accourir dans le lointain de tardifs défen-
seurs...

Je jetai un dernier regard plein de haine sur la vieille cité,
et je fermai les yeux.

Au même instant une voiture attelée de deux magnifiques
chevaux passa comme l'ouragan....

C'était mon dernier espoir. Je fis un effort suprême et je
me levai en poussant un long cri de douleur... Mais cette fois
mes forces étaient épuisées et je retombai évanoui sur la glace
de la route.

CHAPITRE VIII.

Une sympathique éternelle courut
de l'un à l'autre.

AUGUSTE LUCHET.

Lorsque je revins à moi , je me trouvai dans une chambre somptueuse, couché dans un lit si moëlleux et si riche que je crus pendant quelques minutes être le jouet d'un rêve. Le pauvre est sujet à ces tristes illusions ; elles lui procurent parfois toutes les jouissances du luxe et de la mollesse... mais il redoute son réveil.

La lumière incertaine d'un jour d'hiver filtrait à travers d'épais rideaux de cachemire.

Un lustre magnifique éclairait l'appartement.

A mes côtés deux hommes vêtus de noir se tenaient debout. L'un petit, vieux, au crâne chauve , à l'extérieur froid et réfléchi ; l'autre jeune, d'une taille élancée, d'une physionomie aristocratique, mais pleine de douceur et de bonté. De longs cheveux blonds retombaient en boucles inégales autour de son visage , et ses grands yeux bleus exprimaient la franchise d'un noble caractère. Cet homme avait dix-huit ans au plus, car un léger duvet ombrait à peine ses joues et sa lèvre supérieure.

Le vieillard me prit la main, posa gravement son pouce sur mon poignet et resta immobile dans l'attitude de la réflexion.

— Eh bien, Franz, demanda le jeune homme après un moment de silence.

— Il est sauvé, Monsieur le comte, répondit le vieillard en levant la tête d'un air satisfait. Cette potion va rétablir la circulation.

Et il approcha de mes lèvres un riche gobelet de Bohême.

— Pauvre enfant ! murmura le jeune comte en me prenant la main... Mon ami, dit-il d'une voix douce, comment vous appelez-vous ?

— Karl, Monsieur.

— Karl seulement ?

— Karl Zanga.

Le jeune homme tressaillit et regarda le docteur, qui était devenu très-pâle ; puis il reprit :

— D'où veniez-vous donc, mon ami, lorsqu'on vous a trouvé sur le bord de la route ?

— D'Aix-la-Chapelle ?

— Et vous alliez ainsi tout seul par un froid aussi rigoureux !

— Il le fallait... je suis seul au monde....

Le jeune homme m'enveloppa d'un regard plein d'une si grande affection, que j'en fus attendri.

— Et votre mère ? dit-il.

— Elle est morte, il y a trois jours.

— Et votre père ?

— Je le cherche.

— Comment s'appelle donc votre père, mon ami.

— Le comte de Romelstein.

Le vieillard, après m'avoir regardé pendant quelques secondes avec la plus grande attention, se tourna vers un portrait d'homme suspendu à la muraille.

— C'est lui, dit-il en inclinant la tête.... c'est bien lui.... pauvre orphelin !

— Et que voulez-vous de votre père, mon ami ? demanda le comte d'une voix tremblante d'émotion.

— Rien, Monsieur, répondis-je.

— Comment, rien ? Mais vous êtes jeune, vous êtes pauvre ; pourquoi le cherchez-vous donc ?

— Pour lui dire, qu'assise sur son lit de mort, Thérésa l'a maudit !

Un frisson couvrit la main du comte.

Pauvre femme, fit le docteur en aspirant une forte prise de tabac.... pauvre femme ! fière et malheureuse jusqu'à la mort.

— Karl, dit le jeune homme d'un accent si affectueux que je le regardai avec étonnement... Karl, vous avez dû beaucoup souffrir !

— Oh oui ! répondis-je malgré moi, nous avons beaucoup souffert !

Le comte essuya deux larmes ; puis il reprit :

— Vous avez été bien malheureux, Karl, et pourtant vous êtes jeune... vous n'avez point mérité de souffrir. Le froid, la faim, la misère se sont acharnés sur vous, les douleurs et la haine vous ont profondément aigri ; votre mère, à l'heure de sa mort, vous a légué une malédiction... une malédiction contre un père ! C'est bien lourd à porter ! Comprenez-vous ce qu'il y a de terrible dans ce mot : Malédiction ! Thérésa était fière, elle a refusé les secours du comte; elle les a refusés pour elle et pour ses enfants ! Elle est morte de misère, morte plutôt que de reculer devant un devoir ! C'était une noble femme.... une femme grande entre toutes. Vous l'avez vu souffrir, Karl, et vous avez embrassé sa haine contre votre père. Mais savez-vous qu'il a versé des larmes de sang sur la fierté de Thérésa... cet homme qu'elle a maudit ! Savez-vous qu'il s'est agenouillé devant elle pour lui demander de voir son fils et sa fille, pour les presser une fois sur son cœur, une seule fois avant de mourir !.... et elle l'a repoussé !

Il a pleuré alors, cet homme... il a beaucoup pleuré ; car il a compris que cette femme avait raison. Il s'était joué d'elle, elle lui rendait dédain pour perfidie ! C'était justice !

Pauvre comte, il a bien souffert, lorsqu'à l'heure de son agonie il a demandé ses enfants et qu'il ne les a point vus, lorsqu'il a compris qu'il faudrait mourir sans les voir... et il les savait pauvres et malheureux !... Oh oui ! ce fut une longue et terrible expiation ! Il a invoqué Thérésa, il a mendié le dernier baiser de ses enfants, et Thérésa n'est point venue. Il est mort désespéré ! Et maintenant qu'il dort sous la pierre de sa tombe, iras-tu maudire la cendre de ton père ? Iras-tu rompre la trêve de Dieu et jeter ton anathème sur son cadavre ?

Non, tu ne maudiras pas le vieux comte, car ce serait me maudire aussi, moi son fils, moi ton frère, Karl !

Cet homme était jeune, il était bon, il me parlait avec des sanglots dans la voix, lui riche, lui comte de Romelstein, à moi, pauvre Bohémien ; il plaignait Thérésa, il m'appelait son frère !.... Je tombai dans ses bras ouverts pour me recevoir.

Nous nous tînmes longtemps embrassés, pendant que le vieux docteur essuyait des larmes et cherchait une parole.

Enfin le comte se releva, et d'une main écartant les rideaux, il me fit voir un portrait d'homme qui nous ressemblait :

— Karl, dit-il, voici l'image de notre père.

— Oui, frère, répondis-je, et voici l'anneau de Thérésa.

CHAPITRE IX.

> Vaillant jeune homme, te voilà étendu sans vie, saisi par la nuit du tombeau sur le seuil de la chambre nuptiale.... Faites retenir un gémissement sans fin près de celui qui est dans le silence éternel !
>
> SCHILLER.

Je m'étais lié intimement à Heidelberg avec un jeune homme qui suivait comme moi les cours de l'université.

Les mêmes goûts nous avaient réunis, un même culte aux idées grandes et libres avait cimenté cette union qui gagnait chaque jour en doux épanchements.

Victor Briqueville avait beaucoup souffert, et quoique jeune, il avait touché du doigt bien des plaies sociales. Fils d'un tribun épargné par la hache populaire de 1792, il avait hérité de son père une tête de feu, un cœur entièrement dévoué aux principes républicains, un nom oublié de l'empire, mais auquel la Restauration avait donné un nouveau lustre, en le mettant au pilori de l'opinion aristocratique.

Fier de la gloire un peu sauvage de son père, Victor avait quitté la France pour chercher en Allemagne des amis et des rêveurs.

Un jour je reçus une lettre de Ludwig ; elle m'annonçait son prochain mariage. Frère, me disait-il, nous avons perdu une sœur, une autre sœur nous est rendue. Viens être heureux avec nous.

Pauvre frère, j'avais une bien grande place dans son affection.

Le lendemain Victor et moi nous quittions la vieille université de Heidelberg. Notre voyage fut rapide, car le jour suivant à midi nous entrions à Cologne. Ludwig était sorti dans la matinée avec Franz. Personne ne put me dire à quelle heure ils seraient de retour. Je recommandai aux domestiques de taire mon arrivée au comte; je voulais lui faire une surprise.

A peine étais-je installé à l'hôtel, que j'entendis sous mes fenêtres un grand bruit de roues, et la voiture de Ludwig entra précipitamment. Je m'élançai à sa rencontre; j'ouvris la portière, heureux et le sourire sur les lèvres.

Je restai un instant cramponné au fer de la voiture, la bouche ouverte sans trouver un cri.

Il y avait là, devant moi, deux hommes; l'un étendu sur une banquette, le corps affaissé, les bras pendants, les yeux ternes et la poitrine inondée d'un sang noir. L'autre immobile, la face bouleversée, les yeux hagards ! Je portai ma main à mon front, les idées se brisaient dans ma tête, un frisson glacial courait lentement sur mes membres. Je n'osais croire.... c'était affreux... affreux comme un rêve satanique, et pourtant c'était vrai ! Je pris dans mes bras le corps de Ludwig et je le portais à travers les domestiques consternés. Je le déposai sur ce même lit où quelques années auparavant le noble comte avait tendu la main au pauvre Bohémien. Je me penchai sur lui pour trouver dans sa poitrine une dernière étincelle de vie... rien... il était mort !

En me relevant, je vis Franz debout de l'autre côté du cadavre.

— Qui a tué mon frère ? lui criai-je.

Il me regarda froidement sans répondre.

— Qui a tué mon frère, qui a tué mon frère, entends-tu vieillard? Je te demande qui a tué mon frère? Et je posai la main de Franz sur la poitrine sanglante de Ludwig.

Au contact de cette chair froide, le docteur revint subitement à lui :

— Oh Ludwig, murmura-t-il d'une voix étouffée, pauvre Ludwig... mort! mort! Malheur au baron Jahn de Pirmesens! oh malheur!... Puis il tomba sur un fauteuil, en cachant dans ses mains sa figure inondée de larmes.

En ce moment j'entendis derrière moi une respiration haletante; je me retournai, et je vis Briqueville qui me tendait silencieusement la main. Je me jetai dans ses bras et cachai mes larmes dans cette étreinte.

— Ami, dit-il en indiquant le cadavre, l'ombre de Ludwig réclame de sanglantes funérailles.

Nous nous pressâmes la main, muets, mais pleins tous deux de la même pensée, et nous sortîmes en jetant sur le comte un dernier regard.

.   .   .   .

Le même jour j'avais atteint la moitié de ma vengeance, le baron Jahn de Pirmesens fuyait, mais son témoin Mathoël, étendu sur les bords du Rhin, se tordait dans les convulsions de l'agonie.

Avant de restituer à l'enfer son âme maudite, le misérable avoua qu'il n'avait chargé que de poudre l'arme de mon frère et que cette infâme trahison était convenue entre le baron et lui pour éluder les chances du combat.

Je fis rendre les derniers honneurs au comte Ludwig de Romelstein, et debout sur sa tombe, je jurai de le venger.

Le soir même j'embrassai Victor et je partis. Pendant une année je parcourus l'Europe, cherchant partout le baron Jahn. Nul ne l'avait vu, ceux même qui le connaissaient intimement ignoraient le lieu de sa retraite. Enfin, las de ce pèlerinage de mort, blessé au plus profond de l'âme, aigri par la haine et fatigué de mon isolement, je résolus de retourner en Allemagne, et d'y attendre une vengeance qui semblait me fuir.

Je m'arrêtai quelques jours à Liége, cette ville convenait à ma tristesse : ses vieilles églises, ses rues étroites, les hautes montagnes qui l'entourent, la franchise cordiale de ses habitants, tout me parlait d'une voix amie, tout semblait me connaître et me plaindre.

Un soir je gravissais avec peine la montagne St-Gilles, lorsqu'un homme me saisit brusquement la main. Je levai la tête et je tombai dans les bras de Victor. Cette année ne l'avait point vieilli. Nous nous assîmes sur l'herbe, à moitié de la côte. J'étais heureux et triste, de rencontrer le seul ami que j'eusse au monde.

Briqueville me parla longtemps de ses projets d'avenir, il n'avait perdu aucune de ses illusions, c'était toujours même confiance, même dévouement aux idées généreuses. Il me développa les sublimes utopies du grand et malheureux Fourrier, il remua les cendres de mon cœur pour y ranimer quelques étincelles, puis me voyant sourire il s'arrêta tout-à-coup.

— Ami, dit-il, tu souffres, n'oses-tu donc me confier la moitié de tes peines?

Je lui serrai la main.

— Oui, continua-t-il, tu souffres, je le vois à ton front pâle, à ton regard profond, à ta parole amère, tu souffres seul, tu aimes ta souffrance, égoïste, tu voudrais en mourir peut-être? Tu voudrais reposer ta tête fatiguée sur la dalle d'une tombe, tu voudrais dormir et tu n'as pas vécu! Oh! Karl, tu as donc bien peur de la vie?

— Ami, je ne crains que le vide immense de mon âme.

— Ingrat, dit-il, avec un sourire affectueux, qui donc t'a fait douter de l'amitié? Il se tût un instant, puis il ajouta :

Ecoute, la grande heure va sonner, l'aurore des peuples libres brille à l'horizon, elle jette ses premières lueurs sur les ruines de ce vieux monde qui croule. Les glaives sont tirés, veux-tu être des nôtres ? Frère, lui répondis-je, prends mon bras pour défendre ta cause, mais laisse mon cœur, il me le faut pour haïr.

Nous redescendîmes ensemble l'étroit sentier qui se tord sur les flancs rapides de la montagne.

Dès lors, j'essayai de m'étourdir, je repris avec entrain la vie bruyante de l'étudiant, je me refis à cette atmosphère de canettes et de cigares ; je me déchargeai pour quelques jours du fardeau de ma haine et je voulus reléguer dans l'oubli, mes souvenirs les plus pénibles et les plus chers. Je me mêlai enfin à cette jeunesse pétulante, qui suivait les cours de l'université Liégeoise.

L'épreuve me sourit, recommandé par Briqueville je fus partout reçu comme un fidèle, toutes les mains s'ouvrirent pour serrer les miennes, les plus intimes secrets me furent dévoilés ; pendant un mois je crus à la possibilité d'une nouvelle existence. Mais je ne tardai point à m'apercevoir de tout ce qu'il y a de ridicule et de vide dans cet état permanent de conspiration, dans ces inoffensifs plaidoyers en faveur des souffrants et des affamés, dans ces interminables discussions politiques, soulevées entre une pipe de tabac et un pot de bière, dans cette surabondance de paroles et dans cette stérilité d'actes.

Je compris avec douleur que parmi tous ces jeunes enthousiastes, bien peu avaient la conscience des idées dont ils se faisaient les porte-voix, je devinai enfin ce jeu de marionnettes, dont les principaux fils aboutissaient entre les mains de la police ; il me fallut hausser les épaules, j'avais cru entrer dans une vaste conspiration et je m'éveillais au milieu des vapeurs d'une tabagie !

Ce fut une amère déception ; cette goutte de fiel raviva toutes les plaies de mon âme, le passé me parut plus formidable encore ; maintenant qu'il se trouvait jeté comme un abîme entre toute illusion et moi...

Ma résolution fut prompte, décisive :

J'écrivis une lettre à Briqueville, le priant, comme dernier service de me faire creuser une tombe, à côté de celle de Thérésa.

Je cherchai dans mon cœur le souvenir de tous ceux que j'avais aimé, je leur rappelai mes souffrances. Je relus une à une les lettres de Ludwig, la dernière surtout, dans laquelle il me parlait avec enthousiasme de son avenir. Puis je mis dans une coupe quelques grains d'un poison violent et j'ouvris mes fenêtres pour voir le ciel.

La soirée était superbe, le soleil s'inclinait majestueusement derrière les Ardennes, ses derniers rayons éclairaient de pâles lueurs la façade des édifices, quelques nuages vaporeux fuyaient à l'horizon, et la nature s'assoupissait au bruit de mille harmonies crépusculaires.

Il y avait dans ce tableau un tel parfum de tristesse et de mélancolie, que je me sentis entrainé à en jouir quelques minutes encore ; je descendis dans ma nacelle et ouvrant la voile au souffle moëlleux de l'air, je m'assis à l'avant pour rêver.

De légères teintes de pourpre, coloraient alors la crête des monts, mais les ombres de la nuit s'étendaient sur la plaine. La lune, cette mystérieuse compagne du silence, brisait ses rayons de cristal à la surface du fleuve, les bruits mouraient un à un, comme les derniers soupirs d'une orgue qui se tait. Parfois le vent promenait sur les vagues quelques lambeaux d'une chanson lointaine, quelque bourdonnement d'insecte dans les hautes herbes du rivage, ou bien encore le gazouillement craintif d'un petit oiseau. Le doigt de Dieu se posait sur la nature et le sommeil déployait dans l'espace ses ailes fantastiques.

Je me découvris pour prier.

Tout-à-coup, les paroles d'un chant de douleur, mariées aux vibrations plaintives d'une harpe, passèrent comme un souffle à la cime des vagues. Cette voix, d'une pureté idéale, s'élevant au milieu du silence, semblait prendre possession de son empire ; la brise du soir suspendit son haleine, la nacelle se tint immobile, les flots cessèrent de murmurer. — Jamais impression plus suave ne descendit au fond de mon âme. Il y avait dans cette poësie des révélations si profondes, des accords si étranges, une résignation si vraie, que je sentis deux larmes rouler de mes paupières jusqu'alors stériles !

Le chant cessa, et je levai la tête. Sur la rive du fleuve, au milieu des grands arbres était debout une femme vêtue de blanc ; ses mains encore étendues sur les cordes frémissantes de la harpe, avaient cessé d'en tirer des accords. Elle semblait perdue dans une immense rêverie, vous dire que cette femme était belle, que ses grands cheveux noirs, livrés à la brise, retombaient sur ses épaules blanches comme l'albâtre. Vous dire qu'elle ressemblait à l'une des sublimes créations de Murillo, ce peintre espagnol à la touche sombre et fière, ou mieux encore à l'ange des douleurs pleurant les amères déceptions de la vie, ce ne serait pas vous donner l'idée de l'enthousiasme de l'amour sans bornes qui s'empara subitement de mon être.

La nacelle touchait au bord, je me levai pour fléchir le genou devant cette divine apparition.

Oh ! lui dis-je, ange ou femme, qui donc t'a initiée aux paroles de la grande souffrance ?

Ici je m'arrête... de toute cette scène, il ne m'est resté que le souvenir confus d'une joie indicible, d'un bonheur tel que mes rêves n'en avaient jamais offert à mon imagination délirante. Le regard de cette femme se réflétait dans mon regard, son haleine glissait sur mon front, comme le souffle tiède de la nuit sur la plante étiolée par un soleil brûlant. Parfois aussi je sentais voltiger sur ma figure les boucles légères de ses noirs cheveux..

Maria, m'aimait ! ! !

Oh ! quel poëte, quelle imagination, aux élans sublimes, pourrait définir ces deux mots : elle m'aimait ? Quelle langue humaine pourrait traduire cette fièvre, ces aspirations vers le beau, vers l'infini ? Quelle âme de feu pourrait jeter dans un moule de bronze ou de plâtre ce métal incandescent qu'on appelle : amour ! Maria m'aimait !

Ce fut un mois de bonheur, un mois d'amour, un mois rempli comme une existence d'un siècle. Regrets, douleurs, désespoir, et ma vie entière et ma double vengeance tout... tout fut oublié. La mort de Thérèsa, l'assassinat de Ludwig, n'étaient plus pour moi qu'un rêve pénible dont je repoussais la mémoire, comme importune à mon bonheur ! je voulais vivre maintenant, je n'avais plus la force de haïr. Egoïste, lâche comme un parvenu, je ne savais plus qu'être heureux, mais le ciel est juste...

Un soir je m'éveillai au bruit d'une orgie. Il y avait à mes pieds un cadavre ! Ce cadavre était celui de mon meilleur ami, à coté de ce cadavre, il y avait une femme agenouillée et priant sous l'éclair d'un poignard. Cette femme était ma sœur.

CHAPITRE X.

Le délire.

En avant ! En avant ! halte ! En avant ! Par l'enfer, c'est une course frénétique, le remords nous poursuit, il ne peut nous atteindre, ses griffes d'acier se ferment à vide ! En avant, en avant, en avant !!

Oh ! le superbe coursier du désespoir ! Comme il bondit, comme il s'élance fièrement à travers l'espace ; ses naseaux jettent leur écume aux ronces du chemin. Il soulève une poussière d'étincelles aux flancs du granit, mais il ne peut secouer la sublime espérance qui s'attache à sa noire crinière...

Là-bas, une rafale de démons passe dans la brume, de blancs fantômes les suivent à tire-d'aile.. Est-ce la justice ou la vengeance ? Non, c'est la fatalité ! Courage, maudits, courage ! Notre sort est le même... Frères par le crime, frères par le supplice, courage !

Arbres, rochers, broussailles, tout fuit, tout se disperse devant le meurtrier.. De noirs rochers ouvrent leurs cavernes profondes pour l'engloutir. Ce torrent hurle, écume, tourbillonne au fond du précipice et chante un hymne de mort ! en avant ! en avant !

Les collines blanchissent, l'horizon s'efface ; c'est le mirage

du désert !.. Oh ! ce souvenir, il est infatigable, il me poursuit toujours, toujours. Et pourtant j'ai franchi les montagnes, les
ravins, les abîmes ! Le torrent s'est fait rivière, il coule lentement dans la plaine, il murmure emprisonné dans un lit de
mousse et de roseaux. Voici une immense avenue, plus loin
une croix séculaire, ensuite une vieille tour rongée de saxi-
farges. Le coursier n'avance plus que par saccades, ses jarrets
faiblissent. Pauvre animal, plus rapide que l'éclair, tu ne
pourrais encore sauver ton maître : mais repose-toi, nous
sommes au seuil du couvent, c'est ici que s'est enfuie Maria !.

Ma sœur m'attendait, elle descendit quelques marches et
vint à moi, je m'assis sur le socle d'une antique statue, le front
dans mes mains. — Maria était debout, triste mais résignée ;
elle me parla longtemps de sa vie, une page trempée de larmes et pourtant belle et dorée aux yeux du monde. Elle me
dit une à une ses douleurs, ses humiliations, ses espérances
déçues et quand elle m'eût déroulé ce suaire où il ne restait
plus que de la cendre, je me trouvai bien misérable moi, en
face de ce martyre. Oui, bien misérable et mesquin surtout !.
je compris qu'il est chez les femmes des sources de fiel que
l'homme ne peut connaître, des fibres qu'il ne peut deviner,
des orgueils qu'il ne peut comprendre.

Il y eut un instant de silence...

Et Jahn, lui dis-je en levant les yeux.

— Ah ! Jahn..... oui.... c'est le dernier anneau de ma
chaîne... Il était directeur du théâtre de Naples lorsque j'y
débutai. Enthousiaste de mon talent, il me fit des offres magnifiques. Je refusai son or et je repartis. Pendant quelque
temps je crus m'être dérobée à ses poursuites, mais il reparut
bientôt. Je donnai l'ordre de ne point le recevoir chez moi.
Il s'introduisait nuitamment dans ma chambre, comme un voleur. Il me supplia les mains jointes, au nom de ma gloire, de
reprendre la couronne de fleurs ; je fus inflexible. Alors il me
demanda comme grâce suprême de lui chanter une poésie allemande qu'il aimait. Et puis....

— Et puis, ajoutai-je froidement... et puis je tuai le baron Jahn de Pirmesense, l'assassin de mon frère , le comte Ludwig de Romelstein.

Maria, sans me répondre, imprima une forte secousse à la cloche du cloître.

La porte grinça sur ses gonds comme un ricanement diabolique et se referma aussitôt.

Je me retrouvais seul au monde !

CHAPITRE XI.

A propos.....

Un drôle de corps , n'est-il pas vrai ?
Un fou !
Oui , un véritable fou !

Léonsberg est une montagne historique peu connue des touristes ; sa crête sauvage domine au loin la plaine et se trouve jetée comme une marche titanique à la base du gigantesque escalier des Vosges.

Une légende populaire affirme que le célèbre pape Léon X naquit sur ce roc, la tradition entoure de mille contes bizarres la naissance du pontife. Quoiqu'il en soit, le Léonsberg n'en est pas moins une montagne très-curieuse pour l'antiquaire et pour le rêveur.

Un sombre massif de ruines, cuirassées de lierre, s'élève au-dessus des broussailles et des hautes herbes. Les murs d'enceinte n'ont plus que douze à quinze pieds de hauteur, mais au centre se dresse la tour noire et carrée du donjon. On heurte à chaque pas des fragments de statues épars dans les bruyères comme les os d'un immense squelette. Un Christ, tout bronzé, s'élève sur le bord du roc. Derrière ce monceau de granit se pavane une petite chapelle blanche et niaise. Figurez-vous , au milieu de ces ruines couvertes de mousse et cicatrisées par la foudre, une construction ayant la forme d'un atelier, la porte d'une baraque et les fenêtres ogives d'un vieux château. L'architecte, qui est sans doute un curé de village , a pillé sans remords la carcasse du manoir féodal. D'une chose imposante il n'a fait qu'une chose ridicule.

A voir de loin cette petite bicoque blanchâtre grimaçant le gothique, on dirait un honnête bourgeois travesti en chevalier.

Un vieil ermite exploite la chapelle et les ruines. C'est un homme de soixante ans, jaune de figure, blanc de barbe et de cheveux, un de ces types alsaciens à tête plate, à figure carrée, à menton large, à pommettes saillantes et à nez crochu. Des yeux d'une vivacité singulière, brillent comme deux charbons ardents au fond de leurs orbites. Bref, frère Niclause est un vieillard à l'air malicieux, plus laid que beau, comme bien des vieillards, car les hommes ne ressemblent pas aux pierres, le temps ne les sanctifie point, il les dégrade.

Il y a donc au haut de cette montagne un vieux manoir, de vieilles statues, un vieux Christ, tout cela bronzé par les siècles... c'est l'œuvre !

Puis, à côté, sur la même base de granit, il y a un homme, une petite chapelle grattée, lavée, badigeonnée... c'est la parodie !

Frère Niclausse est d'une ignorance toute aristocratique ; il ne sait pas lire, ce qui ne l'empêche nullement de poser avec gravité devant le missel, parfois ouvert à rebours, et de chanter à tue-tête des choses auxquelles il ne comprend rien..

Malgré ce défaut d'instruction, l'ermite du Léonsberg est aux yeux de tous un *saint homme*... Il s'agenouille au pied du vieux Christ pour dire son rosaire, il fait avant de manger huit ou dix signes de croix, et de plus il mendie bravement, comme un véritable ermite qu'il est. Ajoutez qu'il se confesse toutes les semaines, qu'il est bien avec le curé de la commune, très-bien avec les vieilles bigotes de la montagne et qu'il aime surtout à causer en tête-à-tête avec une cruche de bon vieux vin de Wolxheim.

Voilà frère Niclausse ! c'est un homme comme tous les autres ; je me trompe cependant, le brave gardien du Léonsberg jouit encore d'une qualité toute hollandaise ; il aime la propreté à l'excès, et menace de blanchir le vieux Christ...

Frère Niclausse est donc aussi un homme de progrès !..

J'arrivai au Léonsberg un soir du mois de juin. Ce site me plut. Il y avait là des montagnes et du silence, de vieilles pierres et de vieux souvenirs. Le monde n'apparaissait qu'au loin dans les profondeurs des vallées. Pour le paysan superstitieux, cette montagne était le désert... pour moi c'était la vie ! Je priai l'ermite, qui était mon Cicérone, de me céder dans sa chaumière une place pour la nuit. Une grimace fut sa réponse ; le bon religieux n'était pas hospitalier. J'essayai de l'argument suprême entre gens civilisés.

— Pour ma place à votre foyer, dis-je au frère, en lui glissant dans la main une pièce d'or. Il se plia en deux et me répondit par une nouvelle grimace, qui cette fois ressemblait fort à un sourire.

J'avais découvert l'idole du saint homme !

Je déposai mon bâton de voyageur au milieu des ruines et je m'établis sur la montagne. J'occupai dans le donjon une petite chambre oblongue, construite en énormes pierres de taille. Le jour n'arrive dans ce réduit que par une meurtrière entravée d'un énorme barreau. Des inscriptions nombreuses couvrent les dalles. Ce sont des mots de rage ou de sainte résignation, gravés avec des larmes et des chaînes sur une page de granit. Un anneau, bruni par la rouille, atteste les procédés philantropiques dont les comtes de Léonsberg usaient à l'égard de leurs prisonniers.

Frère Niclausse, que mes libéralités avaient prévenu en ma faveur, m'apportait tous les matins la subsistance de la journée, puis il disparaissait pour ne reparaître dans le donjon qu'à de rares intervalles.

Je m'entourai d'une solitude impénétrable. J'écrivis mon nom sur les dalles du cachot au milieu de tous les autres. C'était aussi un nom de douleurs ! Alors je pris une plume et j'essayai de produire la pensée qui me torturait le cœur. Je traçai le plan d'un drame. Je fouillai ma vie entière pour y chercher tout le fiel, tout le mépris dont j'avais besoin. J'animai de toute ma haine le héros de cette œuvre terrible. Je trempai ma plume dans la lave de mes souvenirs et je racontai avec une ironie poignante ce que j'avais appris de la société. Je mis à nu toutes les plaies de l'égoïsme ; je montrai la honte sur le velours insolent de la richesse, la lâcheté sur le front de l'orgueil. Je poursuivis mon but avec une persévérance sauvage, infatigable ; je me fonds au creuset de cette œuvre ; j'y dépensai plus que du courage, plus que du talent, plus que du génie.... j'y dépensai mon âme !

Trois mois passés dans cette fournaise me vieillirent de vingt ans.

Le soir, quand tout était silencieux, je gravissais l'escalier qui mène au haut de la tour. Je m'asseyais sur la tête du donjon, à côté d'une touffe d'églantiers. Quelques bouleaux cramponnés aux fissures des murailles, balançaient tristement leurs bras funèbres sur le Léonsberg. Les hiboux hurlaient effarouchés. Le vent pleurait comme mille voix de douleurs, en s'engouffrant dans les meurtrières. Je rêvais alors, le front dans les mains, tandis que mon âme descendait avec amertume le sentier de mes jours évanouis, comme un voyageur perdu dans le désert qui cherche sur les sables la trace de ses pas effacée par le simoun !

Quand venaient l'aube et les chants des oiseaux, je secouais mes cheveux humides de rosée et je descendais reprendre mon labeur.

Ma solitude était rarement troublée. Parfois cependant des touristes curieux heurtaient la pomme de leur canne contre la porte de mon cercueil.

— Qu'est ceci ? disait-on.

— Une porte, messieurs, et solide encore, répondait la voix de l'ermite.

— Où donne-t-elle ?

— Dans un cachot...

— Un cachot ?

— Oui, une espèce de sépulcre, où les comtes enfermaient leurs prisonniers.

— Alors ouvrez cette porte.

— Pardon, messieurs, mais.....

— Dépêchez-vous, c'est intéressant à voir, un cachot.

— C'est que....

— Eh bien, quoi ?

— C'est impossible.

— Impossible.... pourquoi.... vous n'avez pas la clef ?

— Non, Messieurs.

— Ah ! et qu'est-ce qui l'a ?

— Celui qui habite cette chambre.

— Comment, vous dites ?

— Celui qui habite cette chambre.

— Il y a quelqu'un là dedans ?

— Oui, monsieur.

— Un homme dans ce sépulcre ?

— Oui, monsieur.

— Et vous le connaissez ?

— Je lui porte tous les matins la nourriture du jour.

— Et comment s'appelle cet homme ?

— Je n'en sais rien.

— Vous ne le connaissez donc pas ?

— Il ne m'a jamais dit son nom. Je ne le lui ai jamais demandé.

— Tiens... pourquoi donc ? Vous n'êtes guère curieux....

— Si, mais c'est que cet homme-là n'est pas comme tous les autres !

— Ah !

Les voix baissaient alors et je n'entendais plus que des chuchottements mêlés à des exclamations de surprise.

Le frère narrait sans doute aux voyageurs une histoire bien terrible dont j'étais le héros.

Pourquoi l'homme n'exploiterait-il pas la douleur. Il exploite bien Dieu !!...

Un jour surtout les ah ! furent si nombreux, accompagnés de si francs éclats de rire, que l'idée me vint de connaître ces touristes riant avec une grâce si parfaite à côté d'un homme enfoui sous des ruines. Je descendis dans la cellule de l'ermite ; c'est là qu'est déposé le registre sur lequel les voyageurs inscrivent leurs noms. Je l'ouvris à la hâte et je lus en grands caractères : le comte Raoul de Brissart et la comtesse Julie de Brissart, son épouse.

— J'allais sortir, lorsque j'entendis à l'extérieur une grosse voix d'homme qui disait :

— Tu as raison, ma bonne amie, le fou de ces ruines veut aussi jouer le mystérieux, comme la Maria.... Que diable peut-elle être devenue ?

— Et Karl, donc ? fit une voix féminine.

— Ah ! Karl, cet imbécile, il aura sans doute fini par se faire casser la tête. Les individus de sa trempe finissent toujours par là... et il n'y a pas grand mal... les misanthropes sont bien pires que les fous. Cet enragé ! il a failli me mettre dans une vilaine affaire avec son duel.... Pounhh !! quelle chaleur diabolique il fait ici.

Je montai sur le donjon... L'étudiant Brissart et la grisette liégeoise, transformés en aristocrates, descendaient l'escalier taillé dans le roc. Deux chevaux piaffaient à la base de la montagne.

Les voyageurs paraissaient bien heureux.

— Hélas ! pauvre Raoul !...

J'écrivis la dernière ligne de mon drame le vingtième jour du mois de septembre 184....

Je signai l'œuvre et brisai ma plume.

CHAPITRE XII.

EPILOGUE.

> Le coquin !
> Le monstre !
> Quel bonheur qu'il soit pris.
> Dites-le...
>
> (*Conversation sentimentale.*)

C'était, je crois, vers les premiers jours du mois de mai. Le soleil jetait sa poussière d'or à la façade des sombres édifices. Sur la place du Vieux-Marché de Liége se dressait un échafaud, avec ses poutres noires de sang et son couperet d'acier, qui scintillait de loin comme une étoile.

Les rues tortueuses dégorgeaient sur la place une foule immense et déguenillée ; les balcons étaient garnis de la société la plus brillante, des jeunes femmes y étalaient leur parure, de fiers dandys promenaient leurs lorgnons sur le pavé de têtes qui s'étendait au loin.

Ce beau monde et cette canaille étaient venus voir guillotiner un homme !

Ils attendirent près d'une heure, frémissant d'impatience et se léchant les lèvres. Enfin une charrette environnée de troupes glissa lentement au milieu de la foule, comme un esquif sur l'eau fangeuse d'un marais. Alors ce furent des cris d'enthousiasme, des bravos, une joie frénétique... Ils avaient craint, les braves gens, que l'exécution ne fût remise.

Le bâtard de Romelstein était debout sur la charrette. Le cou nu, la poitrine découverte, les mains liées sur le dos ; à sa droite était un prêtre agenouillé, à sa gauche le bourreau vêtu de noir. Le prêtre était pâle, le bourreau avait une bonne figure toute rouge. Le bâtard était calme et froid, comme un homme qui sait tout de la vie et qui n'attend plus rien que de la mort. Pourtant un sourire amer glissa sur ses lèvres lorsqu'il entendit hurler la foule : ce cri de chakals le fit tressaillir ; il avait espéré l'indifférence, il trouvait de la rage.

— J'avais raison, dit-il au prêtre, c'est faire honneur à l'homme que de l'appeler un tigre !

— Pardonnez-leur, dit le prêtre, ils ne savent ce qu'ils font.

— Que leur servirait mon pardon, fit le bâtard avec un sourire de mépris, je ne puis me venger !

— C'est pour vous, mon frère, pour votre salut, que le pardon est nécessaire, reprit l'ecclésiastique.

— Vous me prêchez l'égoïsme, s'écria Romelstein, et ses yeux étincelèrent d'indignation... Au fait, dit-il avec une ironie poignante, vous me donnez un conseil d'ami, le pardon ne m'engage à rien ; c'est d'une adroite politique.

Le prêtre baissa la tête.

La charrette avançait toujours. Un profond silence s'était alors établi sur le passage du convoi. Quelques paroles arrivaient jusqu'au condamné ; il les recueillait comme le dernier adieu d'un monde en face de l'éternité.

— Quelle figure de scélérat, disait un vieux médecin ; la bosse du crime est développée sur sa tête d'une manière effrayante.

— Et la bosse du vol aussi, ajoutait un usurier ; l'occasion lui a manqué.

— Il a peur, disait un lâche.

— Il vous regarde effrontément, disait une fille de joie.

— C'est le doute qui a perdu cet homme, disait un philosophe.

— C'est l'envie, la basse jalousie qui ont tué ce misérable, disait un critique.

Karl partit d'un éclat de rire rabelaisien en mettant le pied sur l'échafaud.

— Le malheureux est fou, dit le prêtre, il n'a voulu ni se confesser, ni communier ; il rit en présence de la mort, son âme est damnée pour l'éternité !

Et le prêtre se signa trois fois pendant que les valets du bourreau garottaient le bâtard sur la planche.

Entendez-vous ce frémissement qui passe sur la foule comme une rafale à la cime des vagues ? C'est l'horreur de la mort qui pèse sur vingt mille poitrines, qui suspend vingt mille haleines. Pas un cri, pas un soupir, pas un murmure... le silence est effrayant... Et puis, entendez-vous... là-bas... là-bas... bien loin derrière la foule, cet orgue qui pleure comme la voix d'un mourant ?... Mon Dieu ! c'étaient je crois les dernières pensées de Weber ! pensées sublimes, déchirantes, comme les adieux d'un homme de génie au monde qui l'a méconnu !

Karl entendit cette musique ! Oh ! que de tristes souvenirs, que d'amères déceptions refluèrent alors à son cerveau ! C'était le chant de sa mère ! Il revit la pauvre Bohémienne, il revit aussi sa sœur, et leur petite mansarde, où la faim, le froid, la misère venaient les torturer. Il regretta tout cela, oui, il le regretta, et le monde aussi avec ses railleries, ses dédains, ses injustices. Toute sa vie résumée dans quelques notes plaintives, il sentit une larme couler sur ses joues, il entendit bondir son cœur dans sa poitrine, son sang bouillonner dans ses veines... il sentit les mains des bourreaux enlacer ses membres... puis les poutres vibrer... une douleur aiguë..... un éclair..... le néant !.... peut-être l'éternité !

Vous dirai-je la foule qui rentre triste et pensive dans ses quartiers.

Madame la comtesse de *** qui retourne à son hôtel, traînée par quatre superbes chevaux ?

M. le marquis de **** qui retrousse ses moustaches en disant : Après tout, c'était un fier coquin, il est mort sans sourciller ?

Ou bien encore, Monsieur Janotus, qui s'écrie : La justice des hommes est satisfaite... l'assassin du baron Jahn de Pirmesens ne souille plus la surface de l'univers !

Non... notre drame est fini.

EMILE ERCKMANN-CHATRIAN.

FIN.

Vin rouge et Vin blanc.

6.

J'ai toujours professé une haute estime et même une sorte de vénération pour le noble vin du Rhin ; il pétille comme le Champagne, il réchauffe comme le Bourgogne, il lénifie le gosier comme le Bordeaux, il embrâse l'imagination comme les liqueurs d'Espagne, il nous rend tendres comme le Lacrima-Christi ; enfin, par-dessus tout, il fait rêver, il déroule à nos yeux le vaste champ de la fantaisie.

En 1846, vers la fin de l'automne, je m'étais décidé à faire un pélerinage au Johannisberg. Monté sur une pauvre haridelle aux flancs creux, j'avais disposé dans ses vastes cavités intercostales deux cruches de fer blanc, et je voyageais à petites journées.

Quel admirable spectacle que celui des vendanges ! Ce furent les plus beaux jours de ma vie. L'une de mes cruches était toujours vide, l'autre toujours pleine ; lorsque je quittais un côteau, il y en avait toujours un autre en perspective. Mon seul regret fut de ne pouvoir partager ce plaisir avec un véritable appréciateur.

Un soir, à la nuit tombante, le soleil venait de disparaître à l'horizon, mais il lançait encore entre les larges feuilles de vigne quelques rayons égarés. J'entendis le trot d'un cheval derrière moi. J'appuyai légèrement à gauche pour lui laisser passage, et à ma grande surprise je reconnus mon ami Hippel, qui fit une exclamation joyeuse dès qu'il m'aperçut.

Vous connaissez Hippel, son nez charnu, sa bouche spéciale pour la dégustation, son ventre à triple étage. Il ressemblait au bon Silène, poursuivant le Dieu Bacchus. Nous nous embrassâmes avec transport.

Hippel voyageait dans le même but que moi ; amateur distingué, il voulait fixer son opinion sur la nuance de certains côteaux qui lui avaient toujours laissé quelques doutes. Nous poursuivîmes de compagnie.

Hippel était d'une gaîté folle, il traça notre itinéraire dans les vignobles du Rhingau. Parfois nous faisions halte pour donner une accolade à nos cruches et pour écouter le silence qui régnait au loin.

La nuit était assez avancée, lorsque nous arrivâmes devant une petite auberge accroupie au versant de la côte. Nous mîmes pied à terre. Hippel jeta un coup-d'œil à travers une petite fenêtre presqu'au niveau du sol. Sur une table brillait une lampe, à côté de la lampe dormait une vieille femme.

— Hé ! cria mon camarade, ouvrez, la mère.

La vieille femme tressaillit, se leva, et s'approchant de la fenêtre, elle colla sa figure ratatinée contre l'une des vitres. On eût dit un de ces vieux portraits flamands où l'ocre et le bistre se disputent la préséance.

Quand la vieille Sybille nous eut distingués, elle grimaça un sourire et nous ouvrit la porte.

— Entrez, Messieurs, entrez dit-elle d'une voix chevrotante ; je vais éveiller mon fils, soyez les bienvenus.

— Un picotin pour nos chevaux, un bon souper pour nous, s'écria Hippel !

— Bien, bien, fit la vieille avec empressement. Elle sortit à petits pas et nous l'entendîmes monter un escalier plus rapide que l'échelle de Jacob.

Nous restâmes quelques minutes dans une salle basse et enfumée. Hippel courut à la cuisine et vint m'apprendre qu'il avait constaté la présence de plusieurs quartiers de lard.

— Nous souperons, dit-il, en se caressant le ventre, oui, nous souperons.

Les planches crièrent au-dessus de nos têtes, et presque aussitôt un vigoureux gaillard, vêtu d'un simple pantalon, la poitrine nue, les cheveux ébouriffés, ouvrit la porte, fit quatre pas et sortit sans nous dire un mot.

La vieille alluma du feu et le beurre se mit à frire dans la poêle.

Le souper fut servi. On posa sur la table un jambon flanqué de deux bouteilles, l'une de vin rouge, l'autre de vin blanc.

— Lequel préférez-vous, demanda l'hôtesse.

— Il faut voir, répondit Hippel en présentant son verre à la vieille, qui lui versa du vin rouge. Elle remplit aussi le mien. Nous goûtâmes : c'était un vin âpre et fort. Il avait je ne sais quel goût particulier, un parfum de verveine, de cyprès ! J'en bus quelques gouttes, et une tristesse profonde s'empara de mon âme. Hippel, au contraire, fit claquer sa langue d'un air satisfait.

— Fameux ! dit-il, fameux ! D'où le tirez-vous, bonne mère ?

— D'un côteau voisin, dit la vieille avec un sourire étrange.

— Fameux côteau, reprit Hippel en se versant une nouvelle rasade. Il me sembla qu'il buvait du sang.

— Quelle diable de figure fais-tu, Ludwig, me dit-il. Est-ce que tu as quelque chose ?

— Non, répondis-je, mais je n'aime pas le vin rouge.

— Il ne faut pas disputer des goûts, observa Hippel en vidant la bouteille et en frappant sur la table.

— Du même, s'écria-t-il, toujours du même, et surtout

pas de mélange, belle hôtesse ! Je m'y connais. Morbleu, ce vin là me ranime, c'est un vin généreux.

Hippel se rejeta sur le dossier de sa chaise. Sa figure me parut se décomposer. D'un seul trait je vidai la bouteille de vin blanc, alors la joie me revint au cœur. La préférence de mon ami pour le vin rouge me parut ridicule, mais excusable.

Nous continuâmes à boire jusqu'à une heure du matin, lui du rouge, moi du blanc !

Une heure du matin ! C'est l'heure d'audience de madame la fantaisie ! Les caprices de l'imagination étalent leurs robes diaphanes brodées de cristal et d'azur, comme celles de la mouche, du scarabé, de la demoiselle des eaux dormantes.

Une heure ! C'est alors que la musique céleste chatouille l'oreille du rêveur et souffle dans son âme l'harmonie des sphères invisibles. Alors trotte la souris ; alors la chouette déploie ses ailes de duvet et passe silencieuse au-dessus de nos têtes ; alors aussi le vampire allonge son museau pointu sur l'artère de sa victime et pompe un filet de sang aussi menu que le cheveu d'un ange. Son corps accroupi se gonfle comme une ampoule, et ses grandes ailes retombent frémissantes à ses côtés comme celles des papillons nocturnes.

— Une heure, dis-je à mon camarade ; il faut prendre du repos si nous voulons partir demain.

Hippel se leva tout chancelant.

La vieille nous conduisit dans une chambre à deux lits et nous souhaita un bon sommeil.

Nous nous déshabillâmes, je restai debout le dernier pour éteindre la lumière. A peine étais-je couché, que Hippel dormait profondément ; sa respiration ressemblait au souffle de la tempête. Je ne pus fermer l'œil ; mille figures bizarres voltigeaient autour de moi ; les gnomes, les diablotins, les sorcières de Walpürgis, exécutaient au plafond leur danse cabalistique. Singulier effet du vin blanc !

Je me levai, j'allumai ma lampe et je m'approchai du lit

de Hippel, attiré par une curiosité invincible. Sa figure était rouge, sa bouche entr'ouverte, le sang faisait battre ses tempes... ses lèvres remuaient comme s'il eût voulu parler. Longtemps je me tins immobile près de lui, j'aurais voulu plonger mon regard au fond de son âme, mais le sommeil est un mystère impénétrable; comme la mort, il garde ses secrets.

Tantôt la figure de Hippel exprimait la terreur, tantôt la tristesse, tantôt la mélancolie; parfois elle se contractait; on eût dit qu'il allait pleurer.

Cette bonne figure, faite pour éclater de rire, avait un caractère étrange sous l'impression de la douleur.

Que se passait-il au fond de cet abîme? Je voyais bien quelques vagues monter à la surface, mais d'où venaient ces commotions profondes. Tout-à-coup le dormeur se leva, ses paupières s'ouvrirent et je vis que ses yeux étaient blancs.... Tous les muscles de son visage tressaillirent, sa bouche sembla vouloir jeter un cri d'horreur... puis il retomba et j'entendis un sanglot.

— Hippel! Hippel! m'écriai-je en lui versant une cruche d'eau sur la tête.

Il s'éveilla. — Ah! dit-il, Dieu soit loué c'était un rêve! Mon cher Ludwig, je te remercie de m'avoir éveillé.

— C'est fort bien, mais tu vas me raconter ce que tu rêvais.

— Oui... demain... laisse-moi dormir; j'ai sommeil.

— Hippel, tu es un ingrat! Demain tu auras tout oublié.

— Cordieu, reprit-il, j'ai sommeil... je n'y tiens plus!... laisse-moi... laisse-moi!

Je ne voulus pas lâcher prise. — Hippel, tu vas retomber dans ton rêve, et cette fois je t'abandonnerai sans miséricorde.

Ces mots produisirent un effet admirable.

— Retomber dans mon rêve! s'écria-t-il en sautant du lit. Vite mes habits! mon cheval! je pars! Cette maison est maudite, Tu as raison, Ludwig, le diable habite entre ces quatre murs... Allons-nous-en !

Il s'habillait avec précipitation. Quand il eut fini, je l'arrêtai.

— Hippel, lui dis-je, pourquoi nous sauver ? Il n'est que trois heures du matin, reposons-nous.

J'ouvris une fenêtre, et l'air frais de la nuit pénétrant dans la chambre, dissipa toutes ses craintes.

Appuyé sur le bord de la croisée, il me raconta ce qui suit :

Nous avons parlé hier des plus fameux vignobles du Rhingau, me dit-il. Quoique je n'aie jamais parcouru ce pays, mon esprit s'en préoccupa sans doute, et le gros vin que nous avons bu donna une couleur sombre à mes idées. Ce qu'il y a de plus étonnant, c'est que je m'imaginais, dans mon rêve, être le bourguemestre de Welche (hameau voisin), et je m'identifiais tellement avec ce personnage que je pourrais t'en faire la description comme de moi-même. Ce bourguemestre était un homme de taille moyenne et presque aussi gros que moi. Il portait un habit à grandes basques et à boutons de cuivre ; le long de ses jambes il y avait une autre rangée de petits boutons têtes de clous. Un chapeau à trois cornes coiffait sa tête chauve. Enfin, c'était un homme d'une gravité stupide, ne buvant que de l'eau, n'estimant que l'argent et ne songeant qu'à étendre ses propriétés.

Comme j'avais pris l'habit du bourguemestre, j'en avais pris aussi le caractère. Je me serais méprisé, moi Hippel, si j'avais pu me connaître... Animal de bourguemestre que j'étais ! Ne vaut-il pas mieux vivre gaîment et se moquer de l'avenir que d'entasser écus sur écus et distiller de la bile ? Mais, c'est bien... me voilà bourguemestre.

Je me lève de mon lit, et la première chose qui m'inquiète c'est de savoir si les ouvriers travaillent à ma vigne. Je prends une croûte de pain pour déjeûner. Une croûte de pain ! faut-il être ladre, avare ! Moi qui déjeûne tous les jours avec une bonne côtelette et une excellente bouteille. Enfin, c'est égal ; je prends, c'est-à-dire le bourguemestre prend une croûte de pain et la met dans sa poche. Il recommande à sa vieille gouvernante de balayer la chambre et de préparer le dîner pour onze heures. Du bouilli et des pommes de terre, je crois. Un pauvre dîner ! N'importe.... il sort.

Je pourrais te faire la description de la maison, de la route, de la montagne, me dit Hippel, je les ai sous les yeux.

Est-il possible qu'un homme, dans ses rêves, puisse se figurer ainsi un paysage ? Je voyais des champs, des jardins, des prairies, des vignobles. Je pensais : celui-ci est à Pierre ; cet autre à Jacques ; cet autre à Henri, et je m'arrêtais devant quelques-unes de ces parcelles, en me disant : Diable, le trèfle de Jacob est superbe ; et plus loin : Diable, cet arpent de vigne me conviendrait beaucoup. Mais pendant ce temps-là, je sentais une espèce d'étourdissement, un mal de tête indéfinissable. Je pressais le pas. Comme il était grand matin, tout-à-coup le soleil se leva, et la chaleur devint excessive. Je suivais un petit sentier qui montait à travers les vignes, sur le versant de la côte. Le sentier allait aboutir derrière les décombres d'un vieux château, et je voyais plus loin mes quatre arpents. Je me hâtais d'y arriver. J'étais tout essoufflé en pénétrant au milieu des ruines, je fis halte pour reprendre haleine, mais le sang bourdonnait dans mes oreilles, et mon cœur heurtait ma poitrine, comme le marteau frappe l'enclume. Le soleil était en feu. Je voulus reprendre ma route ; mais tout-à-coup je fus atteint comme d'un coup de massue, je roulai derrière un pan de muraille, et je compris que je venais d'être frappé d'apoplexie.

Alors un sombre désespoir s'empara de moi. Je suis mort, me dis-je ; l'argent que j'ai amassé avec tant de peines, les arbres que j'ai cultivés avec tant de soins, la maison que j'ai bâtie, tout est perdu, tout passe à mes héritiers. Ces misérables, auxquels je n'avais pas voulu donner un kreutzer, vont s'enrichir à mes dépens. Oh ! traîtres, vous serez heureux de mon malheur... vous prendrez les clefs dans ma poche, vous partagerez mes biens, vous dépenserez mon or... Et moi... moi... j'assisterai à ce pillage ! Quel affreux supplice !

Je sentis mon âme se détacher du cadavre, mais elle resta debout à côté.

Cette âme du bourguemestre vit que son cadavre avait la figure bleue et les mains jaunes.

Comme il faisait très-chaud et qu'une sueur de mort découlait du front, de grosses mouches vinrent se poser sur le visage ; il y en eut une qui entra dans le nez... le cadavre ne bougea point ! Bientôt toute la figure en fut couverte et l'âme désolée ne put les chasser !

Elle était là... là, pendant des minutes, qu'elle comptait comme des siècles. Son enfer commençait !

Une heure se passa ; la chaleur augmentait toujours. Pas un souffle dans l'air, pas un nuage au ciel !

Une chèvre parut le long des ruines ; elle brouttait le lierre, les herbes sauvages qui croissent au milieu de ces décombres. En passant près de mon pauvre corps, elle fit un bond de côté, puis revint, ouvrit ses grands yeux avec inquiétude, flaira les environs et poursuivit sa route capricieuse sur la corniche d'une tourelle. Un jeune pâtre qui l'aperçut alors accourut pour la ramener ; mais en voyant le cadavre il jeta un grand cri et se mit à courir de toutes ses forces vers le village.

Une autre heure, lente comme l'éternité, se passa. Enfin, un chuchotement, des pas se firent entendre derrière l'enceinte et je vis gravir lentement... lentement... Monsieur le juge de paix, suivi de son greffier et de plusieurs autres personnes... je les reconnus tous. Ils firent une exclamation à ma vue.

C'est notre bourguemestre !

Le médecin s'approcha de mon corps et chassa les mouches qui s'envolèrent en tourbillonnant comme un essaim. Il regarda, souleva un bras déjà raide. Puis il dit avec indifférence :

— Notre bourguemestre est mort d'un coup d'apoplexie foudroyante; il doit être là depuis ce matin. On peut l'enlever d'ici, et l'on fera bien de l'enterrer au plus vite, car cette chaleur hâte la décomposition.

— Ma foi, dit le greffier, entre nous, la commune ne perd pas gran'dchose. C'était un avare, un imbécile, il ne comprenait rien de rien.

— Oui, ajouta le juge, et il avait l'air de tout critiquer.

— Ce n'est pas étonnant, dit un autre, les sots se croient toujours de l'esprit.

— Il faudra envoyer les porteurs, reprit le médecin, leur fardeau sera lourd, cet homme avait plus de ventre que de cervelle.

— Je vais dresser l'acte de décès. A quelle heure le fixerons-nous ? demanda le greffier.

— Mettez hardiment qu'il est mort à trois heures.

— L'avare ! dit un paysan, il allait épier ses ouvriers pour avoir un prétexte de leur rogner quelques sous à la fin de la semaine. Puis, croisant les bras sur sa poitrine, et regardant le cadavre : — Eh bien, bourguemestre, fit-il, à quoi te sert maintenant d'avoir pressuré le pauvre monde ? La mort t'a fauché tout de même !

— Qu'est-ce qu'il a dans sa poche, dit un autre ? Il sortit ma croûte de pain. Voici son déjeuner !

Tous partirent d'un éclat de rire.

En devisant de la sorte, ces Messieurs se dirigèrent vers l'issue des ruines. Ma pauvre âme les entendit encore quelques instants ; le bruit cessa peu à peu. Je restai dans la solitude et le silence.

Les mouches revinrent par milliers.

Je ne saurais dire combien de temps se passa, reprit Hippel, car dans mon rêve les minutes n'avaient pas de fin.

Cependant les porteurs arrivèrent, ils maudirent le bourguemestre en enlevant mon cadavre. L'âme du pauvre homme les suivit, plongée dans une douleur inexprimable. Je redescendis le même chemin d'où j'étais venu, mais cette fois, je voyais mon corps porté devant moi sur une litière.

Lorsque nous arrivâmes devant ma maison, je trouvai une foule de monde qui m'attendait, je reconnus mes cousins et mes cousines jusqu'à la quatrième génération !

On déposa le brancard, ils me passèrent tous en revue.

— C'est bien lui, disait l'un.

— Il est bien mort, disait l'autre.

Ma gouvernante arriva aussi, et joignant les mains d'un air pathétique : qui aurait pu prévoir ce malheur, s'écria-t-elle?.. Un homme gros et gras, bien portant ! que nous sommes peu de chose !

Ce fut toute mon oraison funèbre.

On me porta dans une chambre et l'on m'étendit sur un lit de paille.

Quand l'un de mes cousins tira les clefs de ma poche, je voulus jeter un cri de rage. Malheureusement les âmes n'ont point de voix, enfin, mon cher Ludwig, je vis ouvrir mon secrétaire, compter mon argent, évaluer mes créances, je vis poser les scellés, je vis ma gouvernante dérober en cachette mes plus belles nippes ; et quoique la mort m'eut affranchi de tous les besoins, je ne pus m'empêcher de regretter la millième partie des liards que je voyais enlever.

On me déshabilla, on me revêtit d'une chemise, on me cloua entre quatre planches, et j'assistai à mes propres funérailles.

Quand ils me descendirent dans la fosse, le désespoir s'empara de mon âme ; tout était perdu !... C'est alors que tu m'éveillas Ludwig ; et je crois encore entendre la terre crouler sur mon cercueil.

Hippel se tut, et je vis un frisson parcourir tout son corps.

Nous restâmes longtemps méditatifs, sans échanger une parole, le chant d'un coq nous avertit que la nuit touchait à sa fin, les étoiles parurent s'effacer à l'approche du jour. D'autres coqs lancèrent leurs voix perçantes dans l'espace, et se répondirent d'une ferme à l'autre. Un chien de garde sortit de sa niche pour faire sa ronde matinale, puis une alouette, sans doute ivre de rosée, gazouilla quelques notes de sa joyeuse chanson.

— Hippel, dis-je à mon camarade, il est temps de partir si nous voulons profiter de la fraîcheur.

— C'est vrai, me dit-il, mais avant tout, il faut mettre quelque chose sous la dent.

— Nous descendîmes, l'aubergiste était en train de s'habiller, quand il eut passé sa blouse, il nous servit les débris de notre repas, il remplit l'une de mes cruches de vin blanc, l'autre de vin rouge, il sella nos deux haridelles et nous souhaita un bon voyage.

Nous n'étions pas encore à une demi-lieue de l'auberge, lorsque mon ami Hippel, toujours dévoré de la soif, prit une gorgée de vin rouge.

— Prrr ! fit-il comme frappé d'un vertige. Mon rêve, mon rêve de la nuit. Il mit son cheval au trot pour échapper à cette vision, qui se peignait en caractères étranges dans sa physionomie, je le suivis de loin, ma pauvre Rosinante réclamait des ménagements..

Bientôt le soleil se leva, une teinte pâle et rose envahit l'azur sombre du ciel, les étoiles se perdirent au milieu de cette lumière éblouissante, comme un gravier de perles dans les profondeurs de la mer.

Aux premiers rayons du matin, Hippel arrêta son cheval et m'attendit.

— Je ne sais, me dit-il, qu'elles sombres idées se sont emparées de moi. Ce vin rouge doit avoir quelque vertu singulière, il flatte mon gosier, mais il attaque mon cerveau.

— Hippel, lui répondis-je, il ne faut pas se dissimuler, que certaines liqueurs renferment les principes de la fantaisie et même de la fantasmagorie. J'ai vu des hommes gais, devenir tristes, des hommes tristes devenir gais, des hommes d'esprit devenir stupides, et réciproquement avec quelques verres de vin dans l'estomac. C'est un profond mystère ; quel être insensé oserait mettre en doute cette puissance magique de la bouteille ?. N'est-ce pas le sceptre d'une force supérieure, incompréhensible, devant laquelle nous devons incliner le front puisque tous nous en subissons parfois l'influence divine ou infernale.

Hippel reconnut la force de mes arguments, et resta silencieux comme perdu dans une immense rêverie.

Nous cheminions par un étroit sentier, qui serpente sur les bords de la Queich. Les oiseaux faisaient entendre leur ramage, la perdrix jetait son cri guttural, en se cachant sous les larges feuilles de vignes. Le paysage était magnifique, la rivière murmurait en fuyant à travers de petits ravins. A droite et à gauche, se déroulaient les côteaux chargés de superbes récoltes.

Notre route formait un coude au versant de la côte. Tout-à-coup, mon ami Hippel resta immobile, la bouche ouverte, les mains étendues dans l'attitude de la stupeur, puis, rapide comme une flèche, il se retourna pour fuir, mais je saisis la bride de son cheval.

— Hippel, qu'as-tu m'écriai-je, est-ce que satan s'est mis en embuscade devant toi ? Est-ce que l'ange de Baâlam a fait briller son glaive à tes yeux ?

— Laisse-moi, disait-il en se débattant, mon rêve ! c'est mon rêve !

— Allons, calme-toi Hippel, le vin rouge renferme sans doute des propriétés nuisibles, prends une gorgée de celui-ci, c'est un suc généreux qui écarte les sombres imaginations du cerveau de l'homme.

Il but avidement ; cette liqueur bienfaisante rétablit l'équilibre entre ses facultés.

Nous versâmes sur le chemin ce vin rouge qui était devenu noir comme de l'encre ; il forma de gros bouillons en pénétrant dans la terre, et il me sembla entendre comme de sourds gémissements, des voix confuses, des soupirs ; mais si faibles, si faibles, qu'on eût dit qu'ils s'échappaient d'une contrée lointaine, et que notre oreille de chair ne pouvait les saisir, mais seulement les fibres les plus intimes du cœur. C'était le dernier soupir d'Abel, lorsque son frère l'abattit sur l'herbe, et que la terre s'abreuva de son sang.

Hippel était trop ému pour faire attention à ce phénomène, mais j'en fus profondément frappé. En même temps je vis un oiseau noir, gros comme le poing, sortir d'un buisson et s'échapper en jetant un petit cri de terreur.

— Je sens, me dit alors Hippel, que deux principes contraires luttent dans mon être, le noir et le blanc, le principe du bien et du mal, marchons !

Nous poursuivîmes notre route. Ludwig, reprit bientôt mon camarade, il se passe dans ce monde des choses tellement étranges, que l'esprit doit s'humilier en tremblant. Tu sais que je n'ai jamais parcouru ce pays. Eh bien, hier je rêve, et aujourd'hui je vois de mes yeux, la fantaisie du rêve se dresser devant moi ; regarde ce paysage, c'est le même que j'ai vu hier pendant mon sommeil. Voici les ruines du vieux château où je fus atteint d'apoplexie. Voici le sentier que j'ai parcouru et là-bas se trouvent mes quatre arpents de vigne. Il n'y a pas un arbre, pas un ruisseau, pas un buisson, que je ne reconnaisse, comme si je les avais vus cent fois. Lorsque nous aurons tourné le coude de ce chemin, nous verrons au fond de la vallée le hameau de Welche... La deuxième maison à droite est celle du bourguemestre. Elle a cinq fenêtres en haut sur la façade, quatre en bas et la porte. A gauche de ma maison, c'est-à-dire de la maison du bourguemestre, tu verras une grange, une écurie. C'est-là que j'enfermais mon bétail.

Derrière, dans une petite cour sous une vaste échoppe, se trouve mon pressoir à deux chevaux. Enfin, mon cher Ludwig, tel que je suis, me voilà ressuscité. Le pauvre bourguemestre te regarde par mes yeux, il te parle par ma bouche, et si je ne me souvenais pas qu'avant d'être bourguemestre, ladre, avare, riche propriétaire, j'ai été Hippel, le bon vivant, j'hésiterais à dire qui je suis, car ce que je vois, me rappelle une autre existence, d'autres habitudes, d'autres idées.

Tout se passa comme Hippel me l'avait prédit, nous vîmes le village de loin, au fond d'une superbe vallée, entre deux riches côteaux... les maisons éparpillées aux bords de la rivière; la deuxième à droite était celle du bourguemestre.

Tous les individus que nous rencontrâmes, Hippel eut un vague souvenir de les avoir connus; plusieurs lui parurent même tellement familiers, qu'il fut sur le point de les appeler par leur nom; mais le mot restait sur sa langue, il ne pouvait le dégager de ses autres souvenirs. D'ailleurs, en voyant l'indifférente curiosité avec laquelle on nous regardait, Hippel sentit bien qu'il était inconnu et que sa figure masquait entièrement l'âme défunte du bourguemestre.

Nous descendîmes devant une auberge que mon ami me signala comme la meilleure du village, il la connaissait de longue date.

Nouvelle surprise... la maîtresse de l'auberge était une grosse commère, veuve depuis plusieurs années, et que le bourguemestre avait jadis convoité en secondes noces.

Hippel fut tenté de lui sauter au cou, toutes ses vieilles sympathies se réveillèrent à la fois... Cependant il parvint à se modérer... Le véritable Hippel combattait en lui les tendances matrimoniales du bourguemestre. Il se borna donc à lui demander, de son air le plus aimable, un bon déjeuner et le meilleur vin de l'endroit.

Lorsque nous fûmes attablés, une curiosité bien naturelle porta Hippel à s'informer de ce qui s'était passé dans le village depuis sa mort.

— Madame, dit-il à notre hôtesse avec un sourire flatteur, vous avez sans doute connu l'ancien bourguemestre de Welche?

— Est-ce celui qui est mort il y a trois ans d'un coup d'apoplexie, demanda-t-elle?

— Précisément, répondit mon camarade en fixant sur la dame un regard furieux.

— Ah! si je l'ai connu, s'écria la commère, cet original, ce vieux lâdre qui voulait m'épouser. Si j'avais su qu'il mourût sitôt, j'aurais accepté. Il me proposait une donation mutuelle au dernier survivant.

Cette réponse déconcerta un peu mon cher Hippel... l'amour-propre du bourguemestre était horriblement froissé en lui. Pourtant il se contint.

— Ainsi, vous ne l'aimiez pas, madame, dit-il.

— Comment est-il possible d'aimer un homme laid, sale, repoussant, lâdre, avare?

Hippel se leva pour se regarder dans la glace. En voyant ses joues plaines et rebondies, il sourit à sa figure, et revint se placer devant un poulet qu'il se mit à déchiqueter.

— Au fait, dit-il, le bourguemestre pouvait être laid, crasseux; cela ne prouve rien contre moi.

— Seriez-vous l'un de ses parents? demanda l'hôtesse fort surprise.

— Moi! je ne l'ai jamais connu. Je dis seulement que les uns sont laids, les autres sont beaux, parce qu'on a le nez placé au milieu de la figure comme votre bourguemestre, cela ne prouve pas qu'on lui ressemble.

— Oh! non, dit la commère, vous n'avez aucun trait de sa famille.

D'ailleurs, reprit mon camarade, je ne suis pas avare, moi, ce qui démontre que je ne suis pas votre bourguemestre. Apportez encore deux bouteilles de votre meilleur vin.

La dame sortit, et je saisis cette occasion d'avertir Hippel de ne pas se lancer dans des conversations qui pourraient trahir son incognito.

Pour qui me prends-tu, Ludwig, s'écria-t-il furieux ? Sache que je ne suis pas plus bourguemestre que toi , et la preuve c'est que mes papiers sont en règle.

Il tira son passe-port. L'hôtesse rentrait.

— Madame, dit-il, est-ce que votre bourguemestre ressemblait à ce signalement. Il lut : Front moyen , nez gros, lèvres épaisses, yeux gris , taille forte , cheveux bruns.

— A peu près , dit la dame , excepté qu'il était chauve.

Hippel passa la main dans ses cheveux en s'écriant. Le bourguemestre était chauve, et personne n'osera soutenir que moi je suis chauve.

L'hôtesse crut que mon ami était fou , mais comme il se leva en payant, elle ne dit rien.

— Arrivé sur le seuil , Hippel se tourna vers moi et me dit d'une voix brusque : Partons.

Un instant, mon cher ami, lui répondis-je... tu vas d'abord me conduire au cimetière où repose le bourguemestre.

A cette proposition , sa figure se décomposa.

— Non, s'écria-t-il... Non ! Jamais ! Tu veux donc me précipiter dans les griffes de satan ?.. Moi ! debout sur ma propre tombe ! Mais ce serait contraire à toutes les lois de la nature... Tu n'y songes pas , Ludwig !

— Calme-toi, Hippel, lui dis-je. Tu es en ce moment sous l'empire des puissances invisibles... elles étendent sur toi leurs réseaux si déliés , si transparents , que nul ne peut les apercevoir... Il faut un effort pour les dissoudre , il faut restituer l'âme du bourguemestre , et cela n'est possible que sur sa tombe... Voudrais-tu être larron de cette pauvre âme ? Ce serait un vol manifeste, je connais trop ta délicatesse, pour te supposer capable d'une telle infamie.

Ces arguments invincibles le décidèrent. Eh bien, oui, dit-il.. J'aurai le courage de fouler aux pieds ces restes dont j'emporte la plus lourde moitié... A Dieu ne plaise qu'un tel larcin me soit imputé... Suis-moi, Ludwig, je vais te conduire.

Il marchait à pas rapides, précipités , tenant à la main son chapeau, les cheveux épars, agitant les bras, allongeant les jambes, comme un malheureux qui accomplit le dernier acte du désespoir et s'excite lui-même pour ne pas faiblir.

Nous traversâmes d'abord plusieurs petites ruelles, ensuite le pont d'un moulin, dont la roue pesante déchirait une blanche nappe d'écume, puis nous suivîmes un sentier qui parcourait une prairie, et nous arrivâmes enfin, derrière le village, près d'une muraille assez haute, revêtue de mousse et de clématites. C'était le cimetière.

A l'un des angles s'élevait l'ossuaire, à l'autre une maisonnette entourée d'un petit jardin.

Hippel s'élança dans la chambre. Là se trouvait le fossoyeur, le long des murailles il y avait des couronnes d'immortelles. Le fossoyeur sculptait une croix, son travail l'absorbait tellement, qu'il se leva tout effrayé, quand Hippel parut. Mon camarade fixa sur lui des yeux qui durent l'effrayer, car, pendant quelques secondes, il resta tout interdit.

— Mon brave homme, lui dis-je, conduisez-nous à la tombe du bourguemestre.

— C'est inutile, s'écria Hippel, je la connais, et sans attendre de réponse, il ouvrit la porte qui donnait sur le cimetière, et se prit à courir comme un insensé, sautant par-dessus les tombes et criant : C'est là !... Là !... Nous y sommes !... Évidemment l'esprit du mal le possédait, car il renversa sur son passage une croix blanche, couronnée de roses. La croix d'un petit enfant !

Le fossoyeur et moi nous le suivions de loin.

Le cimetière était fort vaste. Des herbes grasses, épaisses, d'un vert sombre, s'élevaient à trois pieds du sol. Les cyprès traînaient leur longue chevelure à terre, mais ce qui me frappa tout d'abord, ce fut un treillis adossé contre la muraille et couvert d'une vigne magnifique tellement chargée de raisins, que les grappes tombaient les unes sur les autres.

En marchant, je dis au fossoyeur : Vous avez là une vigne qui doit vous rapporter beaucoup.

— Oh ! Monsieur, fit-il d'un air dolent, cette vigne ne me rapporte pas grand'chose. Personne ne veut de mon raisin, ce qui vient de la mort retourne à la mort.

Je fixai cet homme. Il avait le regard faux, un sourire diabolique contractait ses lèvres et ses joues. Je ne crus pas ce qu'il me disait.

Nous arrivâmes devant la tombe du bourguemestre, elle était près du mur. En face, il y avait un énorme cep de vigne, gonflé de suc et qui en semblait gorgé comme un boa. Ses racines pénétraient sans doute jusqu'au fond des cercueils et disputaient leur proie aux vers. De plus, son raisin était d'un rouge violet, tandis que celui des autres ceps était d'un blanc légèrement vermeil.

Hippel, appuyé contre la vigne, paraissait un peu plus calme.

— Vous ne mangez pas ce raisin, dis-je au fossoyeur, mais vous le vendez.

Il pâlit en faisant un geste négatif.

— Vous le vendez au village de Welche, et je puis vous nommer l'auberge où l'on boit votre vin, m'écriai-je. C'est à l'auberge de la *Fleur de lis.*

Le fossoyeur trembla de tous ses membres. Hippel voulut se jeter à la gorge de ce misérable ; il fallut mon intervention pour l'empêcher de le mettre en pièces.

Scélérat, dit-il, tu m'as fais boire la quintessence du bourguemestre. J'ai perdu ma personnalité !

Mais tout-à-coup une idée lumineuse frappa son esprit, il se retourna contre la muraille et prit certaine attitude favorite des peintres flamands. Dieu soit loué, dit-il, en revenant à moi. J'ai rendu à la terre l'âme du bourguemestre. Je suis soulagé d'un poids énorme.

Le lendemain nous poursuivions notre route, mon ami Hippel avait recouvré sa gaîté naturelle.

FIN.

Rembrandt.

CHAPITRE 1ᵉʳ.

La réputation de Rembrandt était solidement établie dès 1646. De magnifiques gravures, faites par lui-même, avaient popularisé, en Europe, sa manière originale et fantastique. Chacune de ses productions fut un progrès dans l'art ; l'entente admirable du clair obscur, le contraste étrange des ombres et de la lumière, la perspective nocturne, dont il explora seul les profondeurs mystérieuses, justifiaient l'enthousiasme de ses nombreux partisans.

Il serait difficile de remonter à la cause du génie de Rembrandt et d'en suivre les développements successifs. Le fait est, que l'œil de cet artiste, conformé d'une manière spéciale, saisissait mieux un objet à travers les demi-teintes du crépuscule, que sous l'éclat éblouissant du jour.

Rembrandt se plaisait au milieu des ténèbres.

Pendant sa jeunesse on le rencontrait souvent dans ces noires tavernes, où quelques bonnes têtes flamandes, groupées autour d'une table, reçoivent le rayon jaune et rance d'une lampe huileuse, ou le reflet grisâtre d'un vitrail de plomb.

Après la mort de sa femme, Rembrandt se retira dans une vieille maison de la rue des Juifs, à Leyde. Sa famille ne se composait plus alors que d'une sœur chargée des soins du ménage et d'un fils, jeune homme de 18 à 20 ans, dont le caractère n'était pas encore arrêté.

Les brocanteurs, toujours à l'affut de ses tableaux, avaient leur entrée libre chez le peintre.

Nous sommes au mois de mars 1646. Un soir, Rembrandt, d'habitude triste et sombre, se montra d'une humeur joyeuse. Pendant le souper, sa verve de bon vivant se ranima, il fit mille plaisanteries au sujet de sa sœur Louise, qui était, disait-il, en âge de se marier, elle avait alors 55 ans.

Il vanta aussi son fils Christian, et lui trouva toutes sortes d'excellentes qualités dont il ne s'était pas encore aperçu. Enfin, chose essentiellement rare, il fit monter une canette de vieux porter et s'en versa plusieurs rasades.

Lorsque dix heures sonnèrent, et que le vachtmann eut jeté son cri lugubre au milieu du silence, Rembrandt alluma une lampe et sortit en souhaitant un bon sommeil à Louise et à son fils.

Ils l'entendirent traverser le vestibule et ouvrir la porte de l'atelier. Il y entra.

Cette pièce fort haute recevait son jour d'une seule fenêtre, qui, du plancher s'élevait jusqu'à la voûte. Un rideau de soie rouge interceptait la lumière ; on pouvait le développer ou le restreindre au moyen d'une coulisse. Aux murailles se trouvaient suspendues de vieilles armures ; des casques, des haches, des poignards couverts d'une rouille invétérée.

Rembrandt, peu soucieux des traditions de la Grèce et de l'Italie, appelait cela : ses antiques !

Devant la fenêtre, sur son chevalet, reposait un tableau de moyenne grandeur. L'artiste avança un siége et s'y assit, en projetant la lumière sur cette toile nouvellement peinte. C'était le sacrifice d'Abraham, l'un des chefs-d'œuvre de Rembrandt, aujourd'hui l'ornement du musée de St.-Pétersbourg.

En présence de son œuvre, la figure vulgaire du peintre s'illumina d'un reflet de génie.

C'est beau ! dit-il, avec un sourire d'orgueil, mais ensuite l'enthousiasme fit place à l'analyse, ses épais sourcils se rapprochèrent, il se mit à examiner les détails de l'ouvrage. Parfois une exclamation de plaisir lui échappait, souvent un geste de dépit, il prenait convulsivement sa palette, approchait le pinceau de la toile, puis le rejetait. Des paroles inarticulées trahissaient les doutes de l'artiste. L'exécution n'atteignait point à la hauteur de son type.

Mais pendant ce temps une autre figure, non moins saisissante, non moins enthousiaste, non moins sublime d'inspiration et de génie, se penchait sur l'épaule de Rembrandt et regardait avidement le tableau.

C'était une vieille figure de juif, telle que le peintre flamand nous en a transmis plusieurs. Imaginez un corps long, maigre, osseux, enveloppé d'une espèce de robe verte à larges carreaux ; une chaussure difforme à grandes boucles d'argent s'avance au-dessous de la robe, les jambes arquées montrent leurs rotules noueuses. Enfin, au-dessus de tout cela, une tête jaune, coiffée d'un bonnet pointu et sillonnée de tant de rides, qu'on eût dit le visage parchemineux d'une vieille momie d'Egypte ; la peau collée sur le crâne chauve et sur les pommettes luisait comme de l'ivoire ; un nez long, des lèvres rentrantes, un menton saillant, anguleux, complétait cette étrange physionomie. Mais ce qui lui donnait une expression d'intelligence vraiment inconcevable, c'était le regard ; de grands yeux gris comme ceux du lynx, lançant des éclairs à travers des sourcils blancs qui retombaient presque sur le globe de l'œil.

Ce personnage ouvrit la porte avec tant de prudence qu'elle céda sans le moindre bruit ; il s'avança derrière le tabouret du peintre d'un pied tellement furtif, que Rembrandt ne l'entendait point.

Alors ce fut un étrange spectacle que ces deux figures en contemplation devant la même œuvre. Dans les traits de l'une on eût pu lire l'orgueil de la création, mais aussi la critique sévère de l'artiste pour lui-même. Sur le visage de l'autre, la surprise, l'étonnement sans bornes, l'enthousiasme à sa plus haute expression.

Celui qui admirait le plus, c'était le juif. Il y avait de l'adoration dans sa pose, dans son geste, dans son regard.

Tout-à-coup Rembrandt saisit le pinceau et se pencha sur la toile en disant :

— Ce détail nuit à l'ensemble, il faut le changer.

Mais le juif, entraîné par une force invincible, retint le bras du peintre.

— Non, non ! s'écria-t-il, ne retouchez pas ! Je vous dis que c'est bien !

Effrayé de cette apparition subite, Rembrandt s'était retourné avec une exclamation de surprise ; puis, reconnaissant le brocanteur Jonas, il partit d'un éclat de rire.

— Ah ! ah ! ah ! fit-il, c'est vous, compère ? Comment diable êtes-vous entré ici ?

Sans répondre à la question, le vieux juif s'écria : Maître Rembrandt, ceci est votre chef-d'œuvre. C'est magnifique, c'est sublime ! Oh ! le Dieu d'Israël a fait un grand miracle en sauvant le fils d'Abraham, mais cette peinture admirable est plus merveilleuse encore. Vous n'avez jamais atteint à une telle perfection.

— Bah ! répondit joyeusement l'artiste, vous répétez toujours la même chose. Selon vous, mon dernier tableau est toujours mon chef-d'œuvre.

— C'est vrai, dit le vieillard... c'est vrai, maître Rembrandt, vous vous surpassez chaque fois, mais vous n'irez pas plus loin.

— Entre nous, Jonas, reprit le peintre avec un sourire de triomphe, vous ne connaissez pas votre métier.... au lieu de critiquer mon ouvrage, vous l'élevez si haut que...

— Déprécier ce tableau, interrompit le brocanteur... mais il faudrait avoir perdu les yeux, il faudrait être un infâme calomniateur. Et puis, maître, n'en connaissez-vous pas la valeur aussi bien que moi ?

— Oui, dit Rembrandt avec une nuance de fatuité ; je suis assez content de cet ouvrage, et s'il n'était pas vendu...

— Il est vendu ! s'écria le juif d'une voix déchirante.... vendu ! mais... mais... c'est impossible... vous voulez rire... vendu... à qui ?

— A un riche amateur d'Allemagne.... le prix a été fixé d'avance.

— Le prix a été fixé ! répéta le juif avec consternation..., Mais quel prix, maître ?

— Mille ducats.

— Oh ! vous perdez la tête. Qu'est-ce que mille ducats pour une telle œuvre ? Jamais vous ne ferez mieux.... peut-être même aussi bien...

La figure du peintre exprima le doute.

— Oui, reprit le brocanteur, moi je vous en offre quinze cents.

— Impossible, dit l'autre avec regret.

— Deux mille ! s'écria le juif.

— C'est une affaire malheureuse, impossible d'y revenir, répondit Rembrandt. Sa voix tremblait, car il aimait l'argent.

— Deux mille cinq cents ducats ! dit le vieillard ; il se laissa choir sur une chaise, comme effrayé lui-même de cette offre exorbitante.

Rembrandt fixa sur lui un regard pénétrant. — C'est trop, Jonas, dit-il, vous y perdriez.

— Oui... oui !... je me ruine, s'écria le juif, je le sais bien, mais... mais comment laisser passer à un autre ce magnifique tableau !

Après un instant de silence, le brocanteur ajouta : Maître Rembrandt, j'ai promis de livrer à un riche amateur le premier ouvrage qui sortirait de votre atelier, ma parole est engagée.

Et moi , dit Rembrandt en se levant , mais visiblement affecté, moi je tiens aussi à ma parole... d'ailleurs le contrat est signé.

Le juif se leva et vint prendre la main de l'artiste : Maître , maître, dit-il avec un frémissement de voix impossible à traduire, je ne puis vous offrir plus. J'ai une fille, maître Rembrandt ; vous connaissez ma petite Rebecca ? Si je n'avais pas d'enfant, je vous offrirais plus. Deux mille cinq cents ducats, c'est beaucoup... c'est une offre magnifique ; mais un chef-d'œuvre ne se paie jamais trop cher. Voyons, combien demandez-vous ? Deux mille cinq cents ducats , n'est-ce point assez ? Nous pouvons nous entendre. Ces mots, prononcés avec une volubilité surprenante, trahissaient une vive émotion chez le juif. Il y avait tant de trouble, d'anxiété dans son regard que l'artiste en fut touché.

Jonas, dit-il, en lui montrant l'empreinte d'un cachet sur la toile, ce tableau est vendu, le contrat est passé en double.

— Eh bien, que la volonté de Dieu soit faite, dit le juif d'un accent pénétré. Je reviendrai demain pour voir votre amateur , et s'il veut me céder son marché, je lui offre la différence de nos prix.

— Cette démarche n'aboutirait à rien, dit Rembrandt, car l'acquéreur de ce tableau est le prince de Hesse-Cassel. Une autre fois vous serez plus heureux, Jonas. Croyez que je suis affligé de votre contretemps ; j'y perds quinze cents ducats : pour un pauvre artiste, un père de famille comme moi, c'est énorme. Ils sortirent tous deux en poussant de longs soupirs. Le peintre et le juif étaient consternés.

Rembrandt conduisit Jonas jusqu'au seuil de la maison.

— A propos, lui dit-il, comment êtes-vous entré chez moi, je ne vous avais pas entendu.

— C'est votre sœur qui m'a dit où vous étiez.

— Bien, bien, fit le peintre en serrant la main du brocanteur.

Ils se séparèrent. Onze heures sonnaient à la cathédrale.

Rembrandt traversa une petite cour qui précédait sa maison. La lune brillait au ciel pâle et méditative. Il suivit Jonas du regard, à travers les rues ténébreuses, puis il ferma les deux battants d'une porte-cochère, assujettit la barre, lâcha dans la cour deux énormes boule-dogues, et entra chez lui triste et sombre.

Rembrandt l'avare, Rembrandt l'usurier, perdait quinze cents ducats !

CHAPITRE II.

La ville de Leyde possédait alors un établissement remarquable dans son genre, la taverne des Francs-Soudards.

C'est là que les enfants de bonne famille complétaient leur éducation ; c'est là qu'ils apprenaient à boire l'ale et le porter, à jouer aux cartes et aux dés, à formuler un Gotferdum d'une manière convenable... Mais aussi quelle magnifique taverne !

Ce n'était pas un de ces pauvres taudis où la voix des buveurs se brise à l'angle d'un mur, ou s'écrase sous un plafond. On ne voyait point là des chaises, des tables, des quinquets, misérables ustensiles qui ne résistent point à la bataille d'une joyeuse société. Non ! la taverne des Francs-Soudards était une cave immense ; ses voûtes, hautes de trente pieds, faisaient chorus à la chanson bachique et ne manquaient pas d'en répéter le refrain.

Par une prévision judicieuse de Madame Catherine, maîtresse du logis, les brocs servaient de chaises, les futailles servaient de tables, et leur construction solide bravait toute espèce d'attaque.

Or, la nuit même où maître Rembrandt ferma sa porte avec tant de soins et lâcha ses dogues dans la cour, Christian, cet aimable jeune homme dont il avait fait l'éloge, se trouvait à la taverne des Francs-Soudards.

L'heure était fort avancée, la taverne presque déserte. Un seul groupe de buveurs se tenaient encore autour d'un vaste tonneau. Une lampe placée au milieu d'eux éraillait les ténèbres et faisait ressortir, sur un fond rouge, les noires silhouettes des différents personnages.

Toutes ces figures exprimaient la plus vive attention.

Christian, assis au premier rang, semblait fort ému. En face de lui se trouvait un grand escogriffe au regard pétillant de malignité ; une longue rapière croisait ses jambes ; d'une main il élevait un gobelet de cuir, et de l'autre un large chapeau à plumes. Il paraît que le fils de Rembrandt et lui étaient aux prises. Ils jouaient un jeu d'enfer, et le pauvre Christian perdait.

— Sept, dit-il, en lançant les dés sur la tonne.

Tous les spectateurs se courbèrent pour voir le coup.

— Neuf, s'écria l'autre.

Un grand silence suivit ces paroles ; on entendit vaciller les dés dans le cornet.

— Dix ! reprit Christian.

— Douze ! s'écria son adversaire.

Il se fit une vive agitation. Christian jeta le gobelet à terre en maudissant le sort.

— Eh ! camarade, lui dit l'autre, ta parole est engagée pour 25 ducats.

— Est-ce que tu as peur ? dit le jeune homme avec colère.

— Non, non, je sais que tu paies.

— Parbleu ! s'écria un gros Flamand au nez de betterave, parbleu ! s'il paie, ce cher Christian paie toujours. Il a payé hier, il paie aujourd'hui, il paiera demain. C'est lui qui fait sauter la banque comme d'habitude.

Tous partirent d'un éclat de rire.

— Van Hopp, s'écria le jeune homme, tu as l'air de te moquer de moi !

— Je ne me moque de personne... seulement je dis que tu fais banqueroute.

Et toi ! toi, reprit Christian exaspéré, tu es trop avare pour risquer un double ! Je t'en défie.

— C'est possible, mon petit. Avant de jouer, j'aime à voir l'argent sur la tonne, et tu n'as plus un escalin dans la poche.

Ces mots, prononcés d'une voix goguenarde, excitèrent la fureur de Christian au plus haut degré. Cependant il se contint.

—Attends-moi, Van Hopp, dit-il ; tu veux voir l'argent sur la table... tu le verras. Et vous, maître Van Eick, vous allez être payé tout de suite.

Il sortit précipitamment.

Tous les buveurs s'assirent autour d'un tonneau et rallumèrent leurs pipes, en attendant le retour du fils de Rembrandt.

Eh ! dame Catherine, s'écria l'adversaire de Christian, un *moos* ; c'est moi qui paie.

La dame accourut et déposa un broc sur la tonne. Les verres furent remplis. Van Eick embrassa la robuste taille de Catherine et lui imprima sur la gorge un vigoureux baiser. Elle se laissa faire, il avait de l'argent !

Des nuages de fumée s'élevèrent alors au-dessus des buveurs. Toutes ces grosses faces charnues exprimaient la quiétude, le bien-être suprême qui résulte de la jouissance d'une vie matérielle. Pas un mot... pas un regard ne fut échangé ; le silence dura plus d'un quart-d'heure. Enfin la pipe du gros Van Hopp s'éteignit ; il la vida méthodiquement et se prit à dire :

— Savez-vous que je ne comprends pas maître Rembrandt ; on ne peut nier que ce ne soit un grand peintre, et même un homme plein de bon sens ; mais il prodigue un argent fou à son fils. C'est inconcevable !

— Oui, dit un autre en aspirant une bouffée de tabac....
Oui, c'est inconcevable !

Nouveau silence.

Après quelques secondes Van Hopp reprit : C'est tout-à-
fait inconcevable !

Un troisième dit alors : Christian a perdu cette semaine plus
de trois cents ducats. Il faut que maître Rembrandt soit aveu-
gle pour ne pas voir que son fils est un imbécille !

— Bah ! dit Van Eick avec un sourire caustique. Ce jeune
homme est en train de se former. Encore quelques leçons, et
je vous promets d'en faire quelque chose de présentable. Son
père a compris cela, etc...

— Son père, interrompit Van Hopp, son père est un avare,
et je suis sûr qu'il ne donne pas un escalin.

En ce moment la porte s'ouvrit, et Christian parut en faisant résonner d'un air triomphant une longue sacoche pleine
de ducats.

— Eh ! les amis, dit-il, êtes-vous prêts ?

Il s'approcha de Van Eick et lui jeta une poignée d'or.
Voici votre affaire. Et toi, Van Hopp, puisque tu veux voir
l'argent sur la tonne... le voilà... Combien tiens-tu ?

— Tout ce que j'ai sur moi, répondit le Flamand.

Ils s'attablèrent.

Par l'âme de Satan, c'est une puissance infernale que celle
du jeu. Elle fait tressaillir nos muscles, battre nos tempes,
frémir nos entrailles ! La peur, la joie, le triomphe, le désespoir, la terreur et la haine, toutes les passions se résument
dans le jeu, toutes sont à ses ordres.

Le jeu ! oh, le jeu ! Il ranimerait un cadavre dans sa tombe;
le squelette du joueur saisirait un gobelet, ses yeux vides lan-
ceraient des éclairs, la rage lui ferait grincer les dents.

Voyez ces faces apathiques, immobiles, ces regards stupi-

9

des, cette chair molle, sans nerfs et sans fibres , comme tout cela se meut, s'agite, se tord, se contracte , se détend ! Ces hommes ne jouent pas... ils voient jouer ; ils ne sont pas acteurs du drame, ils en sont les juges, et pourtant la passion les domine, elle les étreint dans son cercle de fer.

Une heure après, les ducats de Christian avaient passé dans la poche de Van Hopp.

CHAPITRE III.

Christian sortit de la taverne en fredonnant une gaudriole ; le pauvre garçon ne voulait pas trahir son dépit. Mais dès qu'il fut dans la rue, une horrible imprécation s'échappa de sa poitrine.

— Que les cinq cent mille diables vous tiennent dans leurs griffes, s'écria-t-il, en se tournant vers la porte.

Il saisit sa toque de velours comme pour la mettre en pièces, mais il la replaça sur sa tête et partit d'un éclat de rire.

— Bah ! dit-il, qu'est-ce que l'argent ? Dix, vingt, quarante ducats ? Une misère, rien du tout ? Est-ce que Jonas ne m'offre pas sa bourse ? Est-ce que je ne puis y mettre la main quand il me plaît ? Oh, l'honnête et brave homme de juif ! Je te respecte Jonas, je te vénère ! Par le Dieu d'Israël, je me fais circoncire pour épouser ta petite Rébecca !

Alors Christian s'élança dans les rues désertes. Une idée lumineuse venait sans doute de frapper son esprit.

La nuit était sombre, le silence profond comme les ténèbres ; de rares étoiles scintillaient au ciel à travers la houle des nuages, comme ces lueurs phosphorescentes qui jaillissent du choc des vagues. Il longea un canal, dont les eaux bourbeuses réflétaient le ciel noir et menaçant. Le fils de Rembrandt se rappela les gravures de son père.

Enfin, au détour de la cathédrale, qui sonnait deux heures, il s'arrêta devant une vieille maison et leva les yeux. C'était une de ces antiques constructions qui datent du moyen âge : le pignon surplombait la rue, et de petites poutres disposées avec symétrie entraient dans l'épaisseur des murailles. Derrière s'étendait un vaste jardin.

Christian franchit la clôture et fit un signal ; quelques minutes après une petite fenêtre s'ouvrit :

— Est-ce vous, seigneur? demanda une voix chevrotante.

— Oui, Esther, c'est moi.

— Bien, bien, je vous reconnais.

Une clef grinça dans la serrure, la porte céda devant une main décharnée.

— Ah ! seigneur Rembrandt, dit la vieille. Ah ! vous vous êtes bien fait attendre. Cette pauvre petite Rébecca n'espérait plus vous voir... elle est tout en larmes !

Christian monta l'escalier. Esther le suivit lentement.

C'était une bonne femme que cette vieille Esther ; depuis un demi-siècle elle servait Jonas ; elle aimait tant sa petite Rébecca que ses moindres caprices étaient obéis. Pour le physique, Esther ressemblait à la sybille de Cumes ; petite, cassée, ratatinée, la tête branlante, les yeux ronds et vifs ; sa bouche avait disparu, depuis que le menton et le nez de la vieille formaient un bec.

Christian parcourut un vaste corridor, il ouvrit précipitamment une porte à bourrelets de fourrures et se trouva dans la chambre de Rébecca.

Tout ce que notre luxe moderne a de somptueux et de riche s'effacerait devant la splendeur de ce petit appartement. Imaginez une pièce haute, étroite, voûtée en ogive ; les arêtes sont décorées de brillantes peintures ; du milieu de la voûte descend une chaîne d'argent qui retient un candélabre de bronze. Un tapis des Indes aux mille rosaces capricieuses couvre le parquet. Deux hautes fenêtres, dans le style gothique, avec leurs mailles de cuivre et leur vitrage colorié, reflètent une lumière éblouissante.

Enfin, sur un divan moëlleux, repose la petite Rébecca.

Oh! Christian... Christian ! heureux jeune homme !

La fille de Jonas, véritable perle d'Orient d'une pureté idéale, attendait le fils de Rembrandt. Le coude appuyé au bord du sopha, la tête dans sa main vermeille, les cheveux épars sur ses blanches épaules, les lèvres humides, les narines voluptueuses, la pauvre enfant avait l'air triste, abattu. Une larme scintillait sous ses longues paupières.... L'ingrat ne venait point !

Lorsqu'il s'élança dans la chambre elle ne put retenir un cri de bonheur.

— C'est toi, mon ami ! Oh ! que je suis heureuse ! tu ne m'avais donc pas oubliée !

Le jeune homme, à genoux près d'elle, entourait de ses bras cette taille fine, ce sein palpitant, cette gorge nue. Leurs regards, leur souffle, leurs cheveux se confondaient.

— Oh ! que tu es belle ! s'écria-t-il, que tu es belle !

Esther entra et sortit presque aussitôt en disant : La vie est courte, les heures, les mois, les années se passent ! la vieillesse arrive... Amusez-vous, mes enfants... soyez heureux !

Une heure s'écoula. Les jeunes amants n'en comptèrent point les minutes. Ils parlaient d'une voix si basse, si basse, que le silence même n'en était pas troublé.

Tout-à-coup la vieille cathédrale frappa sur son timbre, et ses vibrations solennelles se prolongèrent au loin. En même temps une porte s'ouvrit à l'extrémité du vestibule. Christian tressaillit et prêta l'oreille.

Des pas lents se rapprochèrent de la chambre. Le jeune homme s'élança vers le candélabre et souffla les lumières.

On s'était arrêté devant la porte, un rayon glissait par la serrure et formait une étoile contre la muraille. Plusieurs secondes s'écoulèrent. Christian retenait son haleine. Enfin, la marche de l'inconnu continua dans le corridor, le point lumineux décrivit une courbe onduleuse sur les tentures, le bruit des pas s'affaiblit.

— Qu'est-ce ? demanda le jeune homme à voix basse.

— C'est mon père, dit Rébecca, il se promène la nuit.

Attiré par une curiosité fatale, le fils de Rembrandt entr'ouvrit la porte et regarda. Il vit au loin Jonas, enveloppé d'un large manteau. Son bras maigre, soutenant un flambeau, sortait comme une tige à travers les plis de sa lévite, et l'ombre immense du vieillard se projetait dans le corridor. Arrivé devant une porte de chêne, il l'ouvrit et disparut.

Cette apparition avait quelque chose d'étrange : Christian dit à la jeune fille :

— Que fait ton père à cette heure ?

— Je ne sais, répondit-elle ; j'étais encore tout enfant lorsque je l'entendis pour la première fois. Alors je tremblais, je me blotissais dans un coin en murmurant une prière. Chaque fois, comme aujourd'hui, il s'arrêtait devant la porte.... puis sa marche allait se perdre dans l'éloignement.

— C'est drôle ! fit Christian ; une pâleur subite s'étendit sur sa figure. — Il n'entre jamais ? demanda-t-il à Rebecca.

— Non, jamais.

— Qu'y a-t-il derrière cette grande porte de chêne ?

— Je l'ignore, lui seul en garde la clef. Personne n'entre là que mon père.

— C'est surprenant, dit le jeune homme de plus en plus agité.

— Sans doute, mon ami. Mais pourquoi s'inquiéter de ce qu'on ne peut approfondir ? Viens, parlons encore de notre amour.

— Il faut que je m'en aille, dit Christian. Ton père pourrait savoir.....

— Non... non ! il ne sait rien. Reste, je t'en supplie.

Elle cherchait à le retenir par des caresses... mais le brave Christian avait peur. Il saisit sa toque, se glissa dans le vestibule et traversa le jardin.

Quelques minutes après il s'élança dans la rue en courant, comme s'il eût eu le diable à ses trousses.

CHAPITRE IV.

Le lendemain Monseigneur le prince de Hesse-Cassel, pour faire honneur à la peinture, daigna se présenter lui-même chez Rembrandt.

Ce prince était un homme superbe ; rien qu'à voir sa moustache en tire-bouchon, son chapeau à plumes blanches, son habit de velours brodé, son épée à poignée d'or, ses éperons d'argent, sa démarche imposante, son regard magnifique, il fallait reconnaître en lui un de ces êtres supérieurs prédestinés par leur antique noblesse et par la pureté de leur sang à gouverner les peuples.

Aussi la nature équitable l'avait mis à la tête d'une principauté.

Rembrandt vint le recevoir sur le seuil, en habit de gros drap bleu, avec un chapeau de feutre à la flamande, et cette bonne figure vulgaire que vous lui connaissez.

La voiture du prince s'était arrêtée dans la rue.

Un intendant, habillé de ratine noire, maigre comme un fuseau, l'échine courbée, les joues pâles et creuses, le regard oblique, le nez pointu, la bouche souriante.... un intendant dis-je, suivait Monseigneur le prince de Hesse-Cassel. Lorsque Rembrandt l'aperçut, tenant à la main une longue sacoche pleine de ducats, cette vue lui fit plaisir.

— Eh bien, maître, dit le prince, nous venons en personne enlever votre magnifique tableau, le sacrifice d'Abraham. C'est une conquête digne de nous.

— Monseigneur, dit le peintre, avec un regard caustique, contre un mulet chargé d'or il n'y a pas de place forte qui tienne.

— Ah ! ah ! vous prenez donc notre intendant pour un quadrupède ?

— Je parle du sac, dit Rembrandt, l'animal n'est qu'un accessoire.

L'intendant fit une grimace.

— Diable ! Rembrandt, vous êtes méchant, reprit le prince. Défendez-vous, maître Genodet.

— Monseigneur, répondit l'autre, je ne me permettrai jamais de prendre la parole devant vous.

— Je le crois bien, pensa l'artiste, il aime mieux prendre ses écus en silence.

Sur ce ils entrèrent dans l'atelier.

Pour ménager l'effet de son tableau, Rembrandt l'avait suspendu contre la muraille, dans un jour très-favorable ; de plus il l'avait recouvert d'une toile verte, comptant mieux jouir de la surprise du prince lorsqu'il l'enlèverait.

— Veuillez-vous placer ici, Monseigneur, dit-il ; le tableau est là. Je vais le découvrir.

Le prince de Hesse-Cassel, par une noble déférence, prit la position indiquée. Alors Rembrandt, plein d'ardeur, enleva la toile... Mais, ô consternation ! le tableau avait disparu !

Monseigneur se crut mystifié.

Dans le premier moment Rembrandt crut avoir perdu l'esprit ; il porta les deux mains à son front et resta frappé de stupeur. Puis, comme un insensé, il se mit à courir autour de la chambre, heurtant, feuilletant, renversant tout, et criant : Mon tableau, où est mon tableau !

— Maître Rembrandt, s'écria le prince, est-ce que vous jouez la comédie ? Je ne suis pas votre dupe !

Un sourire infernal plissa les lèvres de l'intendant.

Cette vue, ces paroles, élevèrent la fureur du peintre au plus haut degré.

— La comédie! s'écria-t-il, moi! jouer la comédie. Mais, je suis volé! pillé!.... Moi... faire des dupes!

Ses cris furent tels que Louise et Christian accoururent tout effrayés. Alors il s'élança vers eux en hurlant.

— Est-ce vous? Est-ce toi qui a pris mon tableau? Il saisit Christian au collet.

— Quel tableau? demanda son fils.

— Oh! c'est toi... il n'y a que toi dans la maison! Voyons Christian, tu as voulu faire une mauvaise plaisanterie, n'est-ce pas? Je te pardonne... mais, tout de suite dis où il est.

— Je vous jure, mon père que vous êtes dans l'erreur.

— Ah! misérable, tu nies! Il allait le frapper, lorsque Louise intervint.

— Mon frère, s'écria-t-elle, vous savez qu'il en est incapable.

— Tu le défends! c'est donc toi?

— Moi! dit la pauvre fille les larmes aux yeux, oh! Rembrandt, vous ne le pensez pas!

Le peintre tomba sur une chaise sans ajouter un mot. Il était anéanti.

— Partons! dit le prince avec un geste superbe.... cette scène est ignoble, elle a sans doute été préparée dans quelque taverne. Le tableau est vendu! Je suis fâché de m'être sali les bottes chez de telles canailles.

Il sortit d'un pas majestueux; l'intendant le suivit en trottant.

Quelques secondes après, la voiture du prince brûlait le pavé de la rue des Juifs.

CHAPITRE V.

La disparition subite, incompréhensible de son tableau jeta Rembrandt dans un sombre désespoir.

Longtemps il ne put reprendre son travail. A table, il promenait de Louise à Christian un regard plein de défiance, et n'ouvrait la bouche que pour se plaindre des traîtres et des ingrats.

— Oui, disait-il, on croit avoir un fils, une sœur dévouée, On s'abandonne à eux ! Eh bien, ce sont là nos plus grands ennemis. A qui se fier ? L'honnête homme est la proie des coquins et des voleurs. Sa propre famille l'exploite et le gruge, sa confiance même tourne contre lui !

La pauvre Louise se taisait. Que répondre à un malheureux rongé par le doute ?

Parfois Rembrandt, poursuivi d'une terreur indicible, montait, descendait, parcourait cent fois les détours de sa maison, comme un véritable insensé. Souvent aussi on le voyait dans sa cour marchant d'un pas lent et grave, la tête inclinée, les bras croisés sur la poitrine, et murmurant des mots inintelligibles.

Lorsque ses dogues accouraient à lui, la tête basse et soumise, la queue agitée de plaisir : — Arrière, disait-il, vous êtes aussi des traîtres ! Mon voleur vous nourrit sans doute, et vous flattez sa main comme la mienne.

Dès huit heures du soir, Rembrandt fermait sa cour, assujettissait la barre, renvoyait Christian et Louise.... puis, une longue rapière à la main, il restait en embuscade derrière sa porte jusqu'à ce que le sommeil vînt fermer ses paupières, alors il se retirait en maudissant la faiblesse de sa volonté, qui ne pouvait vaincre la nature.

Cependant, malgré ses terreurs, qui touchaient à la folie, Rembrandt, après quelques jours, s'était remis à l'œuvre. Il venait même de terminer cet admirable tableau du philosophe méditatif, empreint d'une mélancolie si profonde, d'une tristesse si vraie.

Un soir, plusieurs coups de marteau retentirent à la porte de la cour ; le peintre sortit et demanda qui frappait.

—C'est moi, maître Rembrandt, répondit la voix de Jonas, pourquoi diable vous enfermer de si bonne heure ? J'aurais quelques mots à vous dire.

Rembrandt ouvrit un guichet pratiqué dans la porte. Eh bien, dites ! s'écria-t-il d'un ton rébarbatif.

La figure du brocanteur parut, avec ses mille rides et sa peau tannée. Maître, dit-il, n'auriez-vous pas un tableau à vendre ? Un amateur se présente.

— Amenez-le demain, dit l'artiste, je viens de terminer une œuvre de fantaisie.

— L'amateur s'est adressé à moi, reprit Jonas, et vous concevez...

— Oui, je conçois ! il vous faut un courtage ; dorénavant je ferai mes affaires moi-même.

Il referma le guichet et rentra chez lui.

C'est ainsi que fut congédié le pauvre Jonas, car l'humeur du peintre, peu agréable d'habitude, s'était encore aigrie.

Quoiqu'il ne pût travailler le soir à la lampe, il sortait rarement de son atelier. Les voisins apercevaient même toutes les nuits une lumière dans cette pièce, et souvent une ombre se découpait sur le grand rideau de soie rouge.

Que faisait Rembrandt ? A cette heure où le sommeil profond ressemble à la mort, où le silence règne au loin dans les rues désertes, où les yeux verts du chat s'illuminent d'une clarté intérieure, comme s'il portait un flambeau dans sa tête? A cette heure où la jeune fille voit en rêve un beau jeune homme du voisinage, à genoux devant elle, l'une de ses mains sur ses lèvres tremblantes, et qu'elle lui dit avec douceur : Alfred... Charles... ou Jules... je vous aime... oui, je veux être à vous! A cette heure sinistre ou bienheureuse, Rembrandt veille. Il soulève une lourde trappe au milieu de son atelier et descend quelques marches. Une agitation fébrile fait tressaillir ses muscles, des éclairs s'échappent de son regard, il enfonce ses bras dans une cavité profonde et ramène avec effort un coffre de fer. Il rugit de bonheur, le sourire de Satan épanouit sa large figure... il soulève le couvercle et regarde... Rembrandt l'avare ne peut dire un mot, son émotion le suffoque, ses mains se baignent dans l'or, il bégaie avec un petit cri saccadé : Ho ! ho ! ho !... mes enfants, riez, riez !... Mes pauvres petits anges... ho... ho... ho... comme ils sont heureux ! comme ils chantent... mes petits anges !

En prononçant ces paroles insensées, l'avare agite et fait ruisseler ses ducats, qui rendent un son lourd et mat, car il a beaucoup d'or, le coffre en est plein.

Mais tout-à-coup la figure de Rembrandt se décomposa, ses prunelles se dilatèrent... le cou tendu.... la bouche entr'ouverte, l'effroi peint dans les traits... il prêta l'oreille.

Un petit bruit se faisait entendre dans le vestibule... comme si les planches de l'escalier eussent fléchi sous un pas rapide.

Doucement, doucement l'avare glissa le coffre au fond du caveau et referma la trappe. Alors le courage lui revint, il bondit sur un poignard suspendu à la muraille, et comme un tigre qui sort de sa cage, il s'élança dans le vestibule en criant : Je tiens le misérable !

En ce moment une ombre glisse au haut de l'escalier et disparaît comme par enchantement.

Rembrandt resta stupéfait... Mais une pensée subite frappa son esprit, il courut à la chambre où était son nouveau tableau..... Il jeta un regard au mur...... la place et le clou restaient seuls !

Louise, éveillée en sursaut, entendit alors un cri tel que nulle poitrine humaine n'en arrache du fond de ses entrailles. La pauvre fille trembla, une sueur froide s'étendit sur ses membres. Elle avait reconnu la voix de son frère !

Après ce cri sinistre... unique, le silence devint imposant... terrible !

Malgré son effroi, elle eut le courage de se lever et de courir à la chambre de Rembrandt.

Le peintre, adossé contre la muraille, pâle, livide, les poings crispés, les jambes arc-boutées, l'écume à la bouche, les yeux ouverts, sans regard, semblait anéanti. On eût dit un cadavre debout.

Louise voulut parler, mais aucun son ne parvint à sa bouche, sa langue était glacée de terreur.... elle dut s'appuyer elle-même pour ne pas tomber.

Peu à peu Rembrandt revint à lui. Il fit un geste, puis un long soupir. La vie se ranimait, en même temps la fureur.

— Je suis volé ! volé ! dit-il.

— Frère, s'écria Louise, frère !

Il la regarda froidement. C'est toi, lui dit-il, tu étais là ?

— Je suis accourue...

— Et Christian ?

— Il dort, frère.

— Il dort,.. nous allons voir.

Rembrandt se dirigea vers la chambre de son fils. Louise le suivit.

— Christian ! s'écria-t-il en ouvrant la porte

Point de réponse. Il ouvrit l'alcôve et regarda.

Le lit était vide !

Il arracha le coussin, les draps, renversa tout. Il ne pouvait se rendre à l'évidence ; mais le doute n'était plus possible. Un sourire sinistre effleura les lèvres du peintre.

— C'est bien, dit-il d'une voix brève et concentrée ; maintenant je connais mon voleur !

Louise se prit à fondre en larmes.

CHAPITRE VI.

Christian avait passé la nuit à la taverne des Francs-Soudards. Vers quatre heures du matin, lorsque les premières teintes du jour blanchissent le haut des cheminées, notre brave jeune homme, un peu ivre, parcourait tranquillement la rue des Juifs. Devant la cour de Rembrandt il s'arrêta et introduisit une fausse clef dans la serrure. Il s'attendait à voir, comme d'habitude, les deux chiens, ses complices, accourir tout joyeux. Aussi quel ne fut pas son étonnement lorsqu'une main lourde et musculeuse s'abattit sur le col de sa tunique et que la voix de son père lui cria : Misérable, je te tiens !

Il fut entraîné dans la maison avec une rapidité telle, qu'il n'eut pas le temps de se mettre à genoux et d'implorer sa grâce.

Rembrandt et son fils, au milieu de l'atelier, se regardèrent en face : Christian les joues rouges et la peur dans le ventre, Rembrandt pâle, les yeux étincelants et la rage dans le cœur.

Pendant quelques secondes il resta silencieux. Le jeune homme sentit une espèce de frisson grimper le long de son échine.

— Mon père, s'écria-t-il, je suis un grand coupable... faites moi des reproches, je les ai tous mérités !

— Mon tableau, interrompit Rembrandt d'une voix sèche.

Christian vit bien que les belles phrases n'étaient pas de

saison, ses genoux fléchirent, car maître Rembrandt tenait une trique énorme et n'avait pas l'air de plaisanter.

— Mes deux tableaux ! reprit-il d'un ton saccadé. Parle, voleur, où les as-tu mis ?

— Je ne les ai pas, mon père, répondit Christian en joignant les mains.

— D'où viens-tu ?

— Je viens... je viens... de la taverne.

— Ah ! tu viens de la taverne, dit Rembrandt avec un sourire amer. Et tu manges, tu bois, tu joues à la taverne, n'est-ce pas, misérable ?

Point de réponse.

— Tu n'as rien à dire... tu manges, tu bois, tu joues, c'est convenu. Qui te donne de l'argent ?

Christian hésita.

— Qui te donne de l'argent, hurla Rembrandt. Parle, coquin, ou je t'écrase. Il levait sa grande trique, et le pauvre Christian sentait la chair de son dos frémir d'horreur, mais le peintre reprit en abaissant le bras :

— Je sais où tu prends de l'argent.... c'est toi qui voles mes tableaux pour les vendre.

— Mon père, je ne vole pas, j'emprunte.

— Tu empruntes, s'écria Rembrandt avec une fureur nouvelle, tu empruntes ! A qui, combien, misérable ?

Christian épouvanté répondit : Jonas me prête de l'argent.

— Jonas, un juif, un usurier ! Il te prête à toi... combien, combien ?

Le pauvre garçon n'osa tout dire, il n'avoua que moitié de la somme : cinq cents ducats.

A peine eut-il prononcé le mot, que Rembrandt lui lança un tel coup de trique que le malheureux roula sur le parquet en criant comme un damné : Je suis mort !

Mais Rembrandt, impitoyable, le saisit rudement et l'entraîna dans une chambre voisine n'ayant qu'une seule fenêtre grillée.

— Misérable, lui dit-il, si tu ne déclares pas où sont mes tableaux, tu périras de faim.

Il sortit aussitôt et referma la porte à double tour.

Christian, les reins meurtris, resta seul dans cette pièce étroite, obscure, sans autre perspective que celle de jeûner longtemps. Singulier contraste avec la taverne des Francs-Soudards !

Lorsque Rembrandt se retourna dans le vestibule, il rencontra Louise. La pauvre fille avait les yeux tout rouges, son bonnet de travers, sa guimpe flottante, enfin elle faisait pitié.

Rembrandt la regarda comme un sanglier regarde un chien.

— Que veux-tu ? dit-il.

— Frère, ce malheureux enfant ne savait pas...

— Ecoutez, mademoiselle, interrompit le peintre, je vous défends de critiquer mes actes, sinon je vous chasse !

— Je ne critique pas, frère, seulement je dis...

— Vous n'avez rien à dire, s'écria-t-il furieux. Occupez-vous du ménage.

Louise se retira toute tremblante. Elle dévorait ses larmes.

Quand l'heure du repas vint, elle avertit son frère.

— Je ne mange pas, dit-il.

— Et Christian ?

— Le misérable ne mangera pas non plus, dit Rembrandt.

— Ni moi, dit Louise en se retirant.

Vers le soir il se passa une scène remarquable.

Christian avait une faim de cannibale, Rembrandt aussi, mais il s'obstinait à ne pas manger. Christian se prit à hurler qu'il avait faim. Alors son père, s'approchant de la porte, lui dit :

— Où sont mes tableaux ?

J'ai faim ! j'ai faim ! ce fut toute la réponse du fils.

— Et moi aussi, murmura Rembrandt à voix basse, moi aussi j'ai faim ! Ce qu'il souffre, je le sais. Il imprimait ses mains dans sa poitrine.

A dix heures Louise vint annoncer le souper.

— Je ne mange pas, dit Rembrandt, mais en prononçant ces mots il se tournait vers la cuisine en aspirant l'odeur d'un rôti. Louise insista.

Je te dis que je n'ai pas faim ! Ferme cette porte, l'odeur m'incommode.

— Et lui ? demanda Louise.

— Lui ! s'écria le peintre, qu'il me dise où sont mes tableaux, je lui pardonnerai.

Il prononça ces mots d'une voix forte, afin que son fils les entendit. Mais, pour toute réponse, Christian appliquait de temps en temps un coup de pied à la porte en criant : J'ai faim.

— Tant pis, s'écria Rembrandt, il s'obstine, je m'obstinerai. Nous verrons qui de nous deux cédera.

Malgré sa colère, le peintre voulait subir le supplice qu'il imposait à Christian. Le père souffrait, mais l'avare faisait la loi !

CHAPITRE VII.

Une agitation étrange régnait dans la maison de Jonas.

Rébecca avait attendu Christian fort tard ; le drôle n'étant pas venu, la petite s'était mise au lit tout en larmes.

Depuis quelques jours elle éprouvait un malaise indéfinissable, des serrements de cœur, des crampes d'estomac, des étourdissements ; elle poussait de longs soupirs. La présence du jeune homme parvenait seule à lui donner un instant de calme, mais après son départ elle pleurait, se lamentait et ne pouvait fermer l'œil.

Ces symptômes annonçaient une maladie dangereuse extraordinaire.

Or, comme je l'ai dit, ce jour-là Christian ayant négligé sa petite visite, les symptômes prirent des proportions alarmantes. Lorsque la vieille Esther entra le matin dans la chambre de sa jeune maîtresse, elle la vit pâle, abattue ; son front était brûlant, elle baillait, soupirait et gémissait.

— Ah ! disait-elle, mon Dieu, mon Dieu, ayez pitié de moi, je vais mourir !

— Mourir ! s'écria Esther, mourir ! Oh ! ne dites pas ces choses-là, mon enfant.

— Oui, oui, j'ai mal... ici, je souffre ! Elle appuyait sa blanche main sur l'épigastre. Je suffoque... je n'en puis plus !

Esther effrayée se hâta d'avertir Jonas. Celui-ci accourut.

A l'aspect de sa fille, en entendant ses plaintes, en voyant ses beaux yeux remplis de larmes, une peur terrible s'empara du vieillard.

Il invoqua le dieu d'Abraham et de Jacob.

— Oh! ma pauvre petite Rébecca, s'écria-t-il, mon enfant, mon trésor, où as-tu mal? Dis-le moi. Tu t'es sans doute exposée à un courant d'air, tu as commis quelque grande imprudence. Parle, ne me cache rien.

Pour toute réponse, la pauvre enfant agitait ses bras, courbait sa tête charmante avec langueur, et de grosses larmes, brillantes comme la rosée matinale, scintillaient sous ses longues paupières.

Alors Jonas, désespéré, s'élança hors de la maison, pendant que la vieille Esther préparait une tisanne calmante, émolliente et rafraîchissante.

Quelques minutes après Jonas reparut avec le docteur Jérosonimo.

Qu'on se représente un homme de 70 à 80 ans, maigre, raide et sec comme un piquet. Il est revêtu d'une longue toge de soie verte, les douze signes du zodiac sont représentés sur une large bordure de soie rouge et toutes les constellations, brodées en argent, se détachent sur cette espèce de manteau. De plus, un grand bonnet pointu s'élève perpendiculairement sur la tête du docteur, une longue barbe blanche, également pointue, descend sur son estomac, des lunettes d'une grandeur fabuleuse reposent au bout de son nez mince, effilé! Le docteur regarde par-dessus ses lunettes, et ses petits yeux noirs dardent un rayon qui plonge dans les replis de votre cœur. Sous son bras il porte une boîte en palissandre incrustée d'or, véritable pharmacie ambulante. Enfin, la démarche de ce personnage est sévère, son geste imposant, sa parole sentencieuse.

Il déposa sur une table de marbre sa magnifique boîte et l'ouvrit. Alors, dans une quantité de petites cases, on put voir des sachets, des fioles, des élixirs, des opiats, des électuaires de mille couleurs différentes.

C'était fort beau, et à la vue de cet arsenal dirigé contre toutes les maladies, chacun devait comprendre que le docteur Jérosonimo était un puits, une citerne, un abîme de science.

Voici de l'ellébore, dit-il à Jonas, en lui montrant un sachet; c'est l'antidote de la folie. Je l'ai cueilli moi-même à la cîme de l'Himalaya. Voici de la manne qui, pendant quarante ans, a nourri nos ayeux dans le désert, elle a tous les goûts imaginables. C'est un prêtre de Jérusalem dont j'avais sauvé le fils de la peste, qui m'en a fait cadeau par reconnaissance. Depuis la sortie d'Egypte elle avait été transmise, dans une bouteille cachetée, de père en fils, et de mâle en mâle, par ordre de primogéniture. Voici un elixir de longue vie que j'ai composé moi-même avec la moëlle d'antilope, le fiel de girafe et la cervelle de sphinx. Voici du racaout des Arabes. Voici de l'eau de Rob, qui fait pousser des cheveux à la plante des pieds. Voici....

— Oh ! seigneur Jérosonimo, s'écria le brocanteur, vous êtes un homme unique, un génie sublime ; vous seul pouvez sauver ma petite Rébecca ; daignez regarder cette pauvre enfant, qui souffre des maux incalculables !

Le docteur Jérosonimo se souvint alors de l'objet de sa visite, il se tourna vers le lit où reposait Rébecca, et d'un pas lent, grave, majestueux, il s'avança vers elle.

— La nature, dit-il, engendre des maux sans nombre, mais la science domine la nature et brise ses décrets. Mon enfant, donnez-moi votre main.

Rébecca obéit.

Le docteur appuya le pouce sur la grosse veine, compta les pulsations, cligna ses petits yeux noirs, eut l'air de réfléchir... puis, regardant la petite.

— Votre langue, dit-il.

Elle ouvrit la bouche et montra ses belles dents, blanches comme des perles.

Jérosonimo s'inclina, affermit ses lunettes et jeta un coup-d'œil au fond du gosier ; puis il secoua la tête, et d'une voix creuse il dit : c'est grave !

Pendant ce temps, Esther et Jonas faisaient mille grimaces. Quand il dit : c'est grave ! le brocanteur leva ses mains au ciel dans un muet désespoir.

— C'est grave, répéta Jérosonimo, mais il y a encore un remède... un ! il n'y en a qu'un... Vous êtes heureux, seigneur Jonas, de vous être adressé à moi. Tout autre n'aurait pu approfondir le mystère de cette maladie.

— Oh ! s'écria le vieillard, sauvez mon enfant, et ma reconnaissance dépassera toutes les bornes de ma pauvre fortune.

Le docteur promena les yeux sur l'ameublement splendide de la chambre et sourit, puis il demanda :

— Ma belle enfant, qu'éprouvez-vous ?

A cette question Rébecca se prit à fondre en larmes. J'éprouve... j'éprouve, dit-elle de sa petite voix douce, des étourdissements... des envies de bailler... mon cœur suffoque et quand je mange j'ai mal.

La figure de Jérosonimo prit un singulier caractère de défiance. Il fixa un regard d'épervier sur la jeune fille, un sourire plissa ses lèvres ironiques.

— Je voudrais être seul avec Mademoiselle, dit-il à Jonas.

Comme le père hésitait, il lui montra une mêche de cheveux gris, dernière végétation de son crâne chauve et stérile.

Jonas et la vieille Esther sortirent ; mais ils se tinrent derrière la porte. Alors le rusé docteur se pencha vers Rébecca, et lui dit d'un air confidentiel : Depuis quand le jeune homme est-il venu ?

Quel jeune homme, seigneur?

— Celui qui vous aime.

— Christian, fit-elle d'un air étonné. Vous connaissez Christian ? Il n'est pas venu hier.

— Cela suffit, dit le docteur.

Il se tourna vers la porte et l'ouvrit. Vous pouvez entrer, Jonas, j'ai à vous apprendre une heureuse nouvelle.... Votre fille est hors de danger.

— Ah ! Dieu soit loué, s'écria le brocanteur.

— Oui... réjouissez-vous... le seigneur Dieu a dit à notre père Abraham, ta postérité sera innombrable comme les étoiles du ciel... comme les grains de sable du bord de la mer. En même temps il lui souffla quelques mots à l'oreille, et le brocanteur sauta en l'air comme si on lui eût appliqué un coup de fouet sur les fesses... il leva le poing contre le docteur, en s'écriant :

— Tu en as menti ! Ma fille est incapable de....

— Elle vient de me l'avouer elle-même, dit froidement Jérosonimo.

— Elle vient de l'avouer ! C'est impossible.

Jonas s'élança vers le lit de sa fille, en lui disant : N'est-ce pas mon enfant, n'est-pas, il en a menti ?

— Quoi ? fit-elle. Qu'est-ce que dit le seigneur Jérosonimo ?

— Il dit... il dit... que... tu lui as avoué...

— Je n'ai rien avoué, mon père, dit Rébecca.

— Eh ! j'en étais sûr, s'écria Jonas, elle n'a rien avoué.

— Comment, reprit le docteur, n'êtes-vous pas convenue qu'un jeune homme, un certain Christian, était l'auteur......

— L'auteur de quoi ?

— De votre accident.

— Mon Dieu, dit la petite avec une naïveté charmante, Christian serait cause que je baille ? Ah ! c'est vrai, je suis toute triste quand il ne vient pas.

— Quand il ne vient pas ! hurla Jonas... Il vient donc, il est venu ?

— Mais oui, assez souvent, le soir nous causons, nous rions ensemble.

— Oh ! malheureuse ! malheureuse ! s'écria Jonas en dé_chirant sa robe. Et toi, vieille scélérate, pourquoi ne m'as-tu pas averti de ce qui se passait ?

Dans sa fureur, il saisit Esther par ses cheveux gris.

— Eh ! cria la vieille sybille d'une voix perçante, eh ! ne m'aviez-vous pas toujours dit que le fils de Rembrandt était un superbe garçon.

— Le fils de Rembrandt, s'écria Jonas.... le fils de Rembrandt ! je reconnais le doigt de Dieu !

En même temps il courut vers la porte, et, comme un fou, se mit à traverser la ville.

Le docteur, Esther et Rébecca crurent que le pauvre homme avait perdu la tête.

Jonas se dirigeait vers la rue des Juifs.

Tout le monde s'arrêtait pour le voir courir ; ses jambes, grandes comme des échasses, s'allongeaient derrière lui ; son grand nez piquait en avant, son chapeau pointu était penché sur sa nuque, sa robe de chambre se gonflait d'air. On eût dit une cigogne qui s'élance d'un toit et qui fait des efforts pour s'élever ; il n'y avait pas jusqu'à ses manches flottantes, soulevées par ses longs bras osseux, qui ne lui donnassent l'apparence de ce singulier oiseau. Jonas vint s'abattre dans la cour de Rembrandt.

CHAPITRE VIII.

Rembrandt avait dit à son fils : Si tu ne déclares point où sont mes tableaux, tu périras de faim.

Cette terrible menace allait s'accomplir. Depuis quarante-huit heures Christian n'avait pas reçu de nourriture ; étendu sur le plancher, pâle, hagard, livide comme un spectre, le pauvre garçon ne donnait plus de coups de pieds contre la porte ; il ne pouvait plus se tenir sur ses jambes.

Rembrandt, assis dans l'allée, aussi faible, aussi abattu que Christian, mais d'une volonté inflexible, et le regard brillant d'un feu sombre, répétait de temps en temps :

— Misérable, dis, où sont mes tableaux ? Tu recevras un morceau de pain.

L'écho du vestibule répondait seul à sa voix creuse. Alors il se levait, appliquait l'oreille contre la porte, regardait par le trou de la serrure et murmurait tout bas :

— Il ne répond pas ! Peut-être est-il mort !

Involontairement sa main cherchait la clef pour ouvrir.... puis il se rasseyait en disant : Je jeûne aussi, moi ! C'est lui qui s'obstine... Oh ! la faim.... la faim ! comme elle fait souffrir !

Rembrandt se rejetait contre la muraille, fermant les yeux et rongeant ses lèvres.

— Misérable ! s'il voulait parler, nous mangerions ! Le voleur a mes tableaux.. il les a... oui... et il ne veut pas les rendre. Le brigand ! emprunter cinq cents ducats ! cinq cents ducats ! ! Eh bien ! qu'il périsse ! Je voudrais que ce fût déjà fini !

Cependant d'autres pensées venaient ensuite à l'avare... Ses propres souffrances lui donnaient l'idée de celles du jeune homme.

Ce qu'il aimait le plus après son or, c'était Christian ; cette affection de père était si grande, qu'il n'avait pu infliger à son fils l'épreuve de la faim sans la subir lui-même. Dans ces moments d'attendrissement il s'écriait :

— Christian, Christian ! avoue, je te pardonne ! Nous mangerons ensemble du rôti, nous boirons du porter... j'oublierai tout, Christian.

Mais, ne recevant point de réponse, la fureur de l'avare se ranimait.

Vers midi une espèce de fringale s'empara de lui. Il se leva en disant : Je n'y tiens plus.

C'est alors que la porte s'ouvrit et que Jonas exaspéré parut sur le seuil.

A la vue de cet homme, auquel il attribuait la faute de son fils, la figure de Rembrandt prit une expression terrible. S'il ne s'était pas senti faible, hors d'état de marcher, il se serait élancé à la gorge du vieux juif pour l'étrangler.

De son côté, Jonas n'était pas moins furieux. Sa longue figure maigre, sillonnée de rides, exprimait l'indignation et le désespoir.

L'accident de sa fille l'avait mis dans une rage, que sa course à travers la ville, en l'exposant aux huées de la foule, venait encore d'augmenter.

A voir ces deux hommes, l'un grand, maigre, au cou allongé, au nez démésuré ; l'autre, petit, trapu, les yeux jaunes et lançant des éclairs, on eût dit un héron aux prises avec un épervier.

— Maître Rembrandt, s'écria Jonas, votre fils est un misérable, il a déshonoré ma fille, ma petite Rébecca, une ange de pureté, d'innocence.

— Et toi, dit Rembrandt, toi, vieux gredin, tu as entraîné mon fils dans le désordre, tu lui as prêté de l'argent. Que Satan t'étrangle avec ta Rébecca, vieux filou !

— Je ne réclame pas mon argent, dit le brocanteur, quoique j'aie avancé à votre fils mille ducats.

— Mille ducats, hurla Rembrandt. C'est faux, tu ne lui en as prêté que cinq cents.

En justice, répondit Jonas, je produirai mes titres... Mais il ne s'agit pas de cela.

L'avare était devenu livide. — Mille ducats, dit-il... et malgré sa faiblesse il voulut se jeter sur le juif, mais ses forces le trahirent ; il retomba sur la chaise en répétant : Mille ducats !

— Je ne tiens pas à cette somme, dit Jonas, si votre fils consent à embrasser la religion de Moïse et à épouser Rébecca.

— Quoi ? dit Rembrandt, quoi ! mon fils se faire juif.... est-ce que tu es fou, vieux coquin.

— Votre fils a séduit ma fille ; il est père d'un enfant qui...

Rembrandt poussa un tel cri de rage que le brocanteur luimême en trembla.

— Sors, sors d'ici, usurier, sors, ou je te déchire en pièces.

L'exaspération lui donna une force incroyable ; il s'élança sur le brocanteur pour l'étrangler. Celui-ci, en se défendant, recula jusqu'à la porte. Tous deux hurlaient, criaient, se démenaient, prononçaient des mots entrecoupés et se débattaient de telle sorte, que la maison en était ébranlée.

Cependant le vieux juif, attaqué en face, parvint dans cette bagarre à ouvrir la porte. Debout sur la première marche, il étendit ses grands bras dans le vestibule, et d'une voix solennelle, il s'écria : Maître Rembrandt! moi pauvre vieillard, dont votre fils a déshonoré les cheveux blancs, moi, malheureux, qui ne demande de vous qu'une chose juste et que vous repoussez brutalement sans avoir égard à mon âge et à mes larmes, je vous maudis ! Oui, je te maudis jusqu'à la vingtième génération. Que tu sois pauvre, conspué, méprisé ! Que Dalès s'établisse dans ta demeure et te dévore !

En même temps il traversa la cour, en couvrant sa tête chauve d'un pan de sa robe, car il avait perdu son bonnet pointu dans la bataille.

Rembrandt, épuisé par cet effort, l'esprit troublé, courut à la chambre de Christian et l'ouvrit. Celui-ci s'était levé au bruit de la lutte. Son père le prit à la main sans lui dire un mot. Il le conduisit près d'une armoire, coupa la moitié d'une miche de pain et la lui donna. Ensuite il l'entraîna jusqu'à la porte et le poussa dehors en lui disant :

— Ne reparais plus à mes yeux... Tu n'as plus de père... je n'ai plus de fils ! !

CHAPITRE IX.

Christian ne comprit pas d'abord toute l'étendue de son malheur. Après avoir fait quelques pas le long des murailles, il s'assit sur une borne et mangea le pain que Rembrandt lui avait donné. Il s'approcha ensuite d'une fontaine au coin de la rue des Juifs et but avidement. Les forces lui revinrent alors, ses joues pâles se colorèrent d'une teinte animée, sa poitrine se dilata, toutes ses idées confuses se classèrent,

La disparition du tableau de Rembrandt, sa colère, le supplice qu'il lui avait infligé, l'apparition de Jonas, les paroles échangées entre le juif et son père, la lutte qui s'en était suivie, tout se retraça d'une manière frappante à l'esprit de Christian comme le souvenir d'un rêve d'abord oublié. Il se rappela aussi les paroles du peintre : Ne reparais jamais à mes yeux, tu n'as plus de père, je n'ai plus de fils !

Où aller maintenant ? Que lui restait-il à faire ?

Le canal passait près de là. Christian y jeta les yeux, il s'en approcha même et eut l'air de réfléchir ; mais l'eau était noire et bourbeuse. Il se retourna en disant : Au moins si c'était du schidam ou du porter... il y aurait du plaisir à se noyer, mais comme cela il faudrait avoir perdu la tête.

Christian se dirigea machinalement vers la taverne des Francs-Soudards ; il y trouva nombreuse société : Van-Eick, Van-Hopp et plusieurs autres. Tous le reçurent à grands cris de joie, en l'invitant à boire, à manger, à jouer. On lui présenta un verre, il s'assit et leur raconta naïvement ce qui venait de se passer.

Mais alors un singulier changement se fit dans l'attitude et la physionomie de ces joyeux camarades. Peu à peu ils s'éloignèrent de lui, son verre était vide, personne n'eut l'idée de le remplir.

— Parbleu, s'écria Van-Eick d'un air insolent, tu viens nous raconter là des histoires ridicules ; tu me dois une revanche d'avant-hier, et tu me donnes une mauvaise défaite.

Christian eut beau jurer, affirmer, tempêter, tout le monde se tourna contre lui.

— D'ailleurs, s'écria Van-Hopp, à supposer que le seigneur Christian dise vrai, je trouve fort indélicat de sa part d'oser se présenter ici sans argent et d'accepter des verres de porter qu'il ne peut rendre.

— C'est vrai, dirent les autres... sa conduite est ignoble.

En même temps, Van-Eick fit un geste, et dame Catherine vint enlever le verre du jeune homme.

Les feux de la honte et de la rage montèrent à la face de Christian, ses mâchoires se serrèrent convulsivement, le supplice qu'on lui infligeait était mille fois pire que celui de la faim. Il se leva en lançant un regard terrible à ces misérables.

— Vous êtes des lâches, leur dit-il ; vous m'insultez parce que je n'ai plus d'argent.

— C'est cela même, dit le gros Van-Hopp avec son rire stupide, tu es d'une pénétration rare, mon petit. Mais si tu veux suivre mon conseil, dépêche-toi de sortir, sans cela nous allons t'étriller comme un âne pour t'apprendre à vivre.

Christian sortit en maudissant le ciel et la terre. Il était déjà loin que leurs éclats de rire le poursuivaient encore.

Cette fois le pauvre garçon eut l'idée sérieuse de courir au canal ; mais une autre pensée frappa son esprit.

Il marchait sans but ; la tête basse, l'oreille pendante en murmurant : Oui, oui ! Jonas a de l'or. La loi de Moïse est sévère, il faut passer par là. Diable d'opération ! Si la petite. Rébecca n'était pas si jolie.... D'ailleurs un petit morceau de chair de plus ou de moins ne change pas un homme... Ce n'est pas comme au bout du nez. Mon père ne veut plus me voir. Si je retourne, s'il me fait grâce, ce sera une vie de damné ; plus de porter, plus de schidam, plus de cartes, plus de gobelets ! J'aimerais mieux cent fois avaler le canal. Par l'âme de Satan, c'est le sort qui décide, je m'abandonne à lui. Je me jette aux pieds de Jonas et je lui déclare que la lumière du mont Sinaï a pénétré dans mon cœur.

Sur ces entrefaites la nuit était venue, et, comme par hasard, Christian se trouva devant la maison de Jonas. Il en fit plusieurs fois le tour, franchit la muraille du jardin, répéta le signal ordinaire, mais cette fois personne n'y répondit ; la vieille Esther avait sans doute été congédiée.

Pendant plus de trois heures Christian se promena dans les avenues, levant les yeux sur la façade, regardant les étoiles, la lune qui découpait ses pâles rayons aux dentelures du feuillage. Le froid devint assez vif, Christian était désespéré. Enfin il lui sembla voir une lumière serpentant le long des fenêtres. Ce n'était qu'un doute, car les persiennes bien fermées ne pouvaient laisser passer un rayon de l'intérieur. Malgré cela il s'approcha de la porte et y appuya la main. Elle céda.

Aussitôt l'heureux Christian se dit que cette porte ne pouvait être ouverte que pour lui livrer passage. Tout joyeux il se mit à gravir l'escalier au milieu de l'obscurité et se dirigea vers la chambre de sa maîtresse. Mais au moment où il posait le pied sur le palier, une porte s'ouvrit au bout du long corridor, et Jonas, en chemise, une lampe à la main, se dirigea de son côté. Le premier mouvement du jeune homme fut de fuir, il n'en eut pas le temps, car le vieillard marchait avec une rapidité surprenante. Christian s'effaça contre la porte ; il espérait que Jonas passerait sans l'apercevoir, mais, arrivé en face de lui, le juif s'arrêta et le regarda fixement, la bouche serrée, ses grands yeux ouverts, mais ternes, glauques, sans intelligence, les yeux d'un cadavre.

A cette vue, le fils de Rembrandt fut saisi d'une horreur indicible, ses cheveux se hérissèrent sur sa tête, ses dents claquèrent.... Il voulut jeter un cri, mais la voix expira dans sa poitrine.

Après un instant d'attente, Jonas, sans prononcer un mot, sans qu'une seule fibre, un seul muscle de sa longue figure eût tressailli, continua sa promenade nocturne.

Christian comprit qu'il y avait là un mystère, aussitôt la pensée lui vint de savoir ce que faisait le juif. Il le suivit pas à pas, doué d'un courage au-dessus de son caractère habituel, ou plutôt dominé par la fatalité. Il marchait à la suite du brocanteur, comme entraîné par le même courant.

Jonas tremblait, ses longues jambes nues et jaunes faisaient des pas immenses ; il ouvrit la grande porte de chêne et s'élança dans une pièce obscure.

Lorsque Christian entra dans cette pièce, il crut voir l'intérieur d'une cathédrale, tant elle était vaste, spacieuse, élevée ; la lumière de Jonas ne pouvait en éclairer l'étendue, elle brillait comme un point dans l'immensité. En même temps une forte odeur de peinture monta au cerveau du jeune homme et sur les lambris de chêne il aperçut un grand nombre de tableaux disposés avec symétrie. Il y en avait depuis la voûte jusqu'au parquet.

Jonas s'était élancé sur une haute échelle, il la gravit comme aurait pu faire un chat, ne se servant que d'une main, et levant de l'autre son flambeau, qui projetait dans les profondeurs de l'édifice une ombre gigantesque. Arrivé au sommet de l'échelle, le vieillard se mit debout, et de sa lampe il éclaira un angle de la voûte où se trouvait le tableau de Rembrandt : le sacrifice d'Abraham.

Christian, en voyant le brocanteur dans cette position périlleuse, les reins cambrés et rejetés en arrière, ne put retenir un cri de terreur :

— Jonas ! Jonas ! que faites-vous ? Prenez garde !

A cette voix qui retentit dans l'édifice, le brocanteur se retourna,.. puis vacilla et voulut se cramponner à la muraille ; mais ses ongles ne trouvant point de prise, il perdit l'équilibre, laissa échapper sa lampe, et Christian, plongé dans les ténèbres, entendit un choc, suivi d'un sourd gémissement.

Le fils de Rembrandt se sentit glacé jusqu'à la moëlle des os... une sueur froide coulait de ses membres... ses jambes fléchissaient sous lui. Il parvint cependant à regagner la porte, mais alors il tomba sur le plancher et resta longtemps évanoui.

———

Quelques jours se passèrent.

Les fenêtres de Jonas ne s'ouvraient plus ; un silence de mort régnait dans sa vaste demeure. L'autorité municipale de la bonne ville de Leyde, informée du fait, ordonna une perquisition chez le juif. Alors on découvrit le cadavre du brocanteur au milieu de sa magnifique galerie de peinture : il était déjà en décomposition.

Chose étonnante, un grand nombre des œuvres remarquables composant la collection de Jonas furent reconnues par des artistes ou des amateurs auxquels elles avaient appartenu.

Tous déclarèrent que ces tableaux leur avaient été pris à différentes époques d'une manière étonnante, inexplicable. Les échevins leur en firent restitution.

Rembrandt retrouva aussi son philosophe méditatif et le sacrifice d'Abraham. Il se rappela que le brocanteur lui avait vendu sa maison et soupçonna quelque passage secret communiquant à l'extérieur ; mais toutes ses recherches à ce sujet furent inutiles. D'ailleurs la mort de Jonas le rassurait pour l'avenir.

Christian et Rébecca s'étaient retirés à Bruges ; ils y vécurent en bonne intelligence. Le fils de Rembrandt devint avare comme son père ; l'accueil de ses bons amis Van-Eick et Van-Hopp, à la taverne des Francs-Soudards , lui avait appris ce que vaut l'argent.

Fantaisie.

Comme l'ouragan se démène dans l'air!
Nuits de Walpürgis. (GOETHE.)

AU VENT.

Passe, passe,
Vent des nuits,
Dans l'espace,
Vole et fuis...
Voici ta grave harmonie
Qui pleure au fond des vieux bois;
Voici ta note infinie,
Qui semble une âme aux abois...
Voici ton chant d'espérance,
Qui dans l'ombre se balance
Comme un ange aux ailes d'or.
Voici ta voix bien connue,
Qui nous parle de la nue,
D'où parfois tu prends l'essor.
      Passe, passe, etc.

Sur l'orgue de la nature,
Au clavier mystérieux,
Ta douce haleine murmure
Des soupirs harmonieux.
La feuille des bois frisonne
Et chaque branche résonne,
Comme une fibre d'airain...
Ton souffle dans les ténèbres.
Promène des voix funèbres
Qui semblent gémir en vain.
      Passe, passe, etc.

Le flot qui dort sur la grève
Se réveille à tes accents,
Et tes chants que l'âme achève
Ont de doux frémissements...
Tout se calme et tout soupire
A ta voix qui fait sourire
L'ange aux demeures d'azur.
Et notre âme se recueille
Comme un oiseau sous la feuille
Par un soir splendide et pur.
   Passe, passe, etc.

Parfois tu sembles répondre
Aux sons d'un luth amoureux;
Ton chant pour y correspondre
A des mots harmonieux....
Si dans l'œil germe une larme,
Ta voix qui toujours nous charme
Nous parle des jours passés,
Et notre cœur, comme une urne
Verse dans l'ombre nocturne
Ses pleurs à flots plus pressés.
   Passe, passe, etc.

Mais ce soir j'entends la cime
Se courber en gémissant
Et le hêtre qui s'abîme
Dans l'eau sombre du torrent.
J'entends tes accords étranges,
Qui s'engouffrent par phalanges
Dans les ravins désolés.
J'entends tes voix infinies,
Qui jettent leurs harmonies
En accords échevelés.
   Passe, passe, etc.

Les ruisseaux dans les ténèbres
Bondissent tout frémissants

Et prennent les voix funèbres
Des impétueux torrents.
La cataracte indolente
Se réveille haletante
En voyant son flot rougir...
Et dans sa fosse profonde,
Elle dégorge son onde
Qu'en écume on voit surgir.
  Passe, passe, etc.

Hélas! voici la tempête
Qui s'élève dans les airs,
En secouant sur sa tête
Les gerbes de ses éclairs ;
Voici la foudre qui roule,
Comme un rocher qui s'écroule
En évantrant les vieux bois...
Voici l'homme qui s'éveille,
Et qui doute encor s'il veille ;
Au hurlement de ces voix !..
  Passe, passe,
  Vent des nuits,
  Dans l'espace
  Gronde et fuis.

Le hibou hurle sa note
Et s'envole effarouché !
Le petit oiseau grelotte
De son refuge arraché.
Sur la montagne déserte,
Par le vieux donjon couverte,
L'aigle épouvanté s'abat !..
Et le noir géant de pierre,
Dans sa cuirasse de lierre,
Semble attendre le combat !
  Passe, passe, etc.

Le bouleau tombe et fracasse
Ses branches dans les ravins,

Et l'ouragan ploie et casse
Comme un fêtu les grands pins !
Le chêne heurte le chêne.
Comme deux géants qu'entraîne
Le délire des combats,
Et dans la mêlée ardente,
Leur choc, leur lutte effrayante
Fait trembler tout sous nos pas !
  Passe, passe, etc.

Hurle ! Hurle ! La tempête
Va toujours en grandissant,
Et la montagne répète
Son profond rugissement...
L'éclair fauve en les ténèbres
Plonge ses regards funèbres,
Comme une forge la nuit....
Tandis que la foudre craque,
Comme un astre qui détraque
Ses organes à grand bruit !
  Passe, passe, etc.

On dirait que ce vieux monde
S'écroule au fond du chaos...
En jetant sa voix profonde
Aux entrailles des échos...
On dirait que dans l'abîme,
L'enfer vaincu se ranime,
Ivre de haine et de fiel.
Et que dans l'ombre il s'arcboute
Contre l'infernale voûte,
Pour ébranler terre et ciel !
  Passe, passe, etc.

Demain la fleur des vallées
Fraîche s'épanouira,

Et sur l'herbe des allées,
La perle d'eau brillera...
Demain l'oiseau des poëtes
Dira ses hymnes de fêtes
Au zéphir trop nonchalant,
Et tout enfant qui sommeille,
Baignera sa main merveille
Dans l'eau claire du torrent!

Passe, passe,
Vent des nuits,
Dans l'espace,
Vole et fuis.

FIN.

ERRATA.

Page 11, dernière ligne, Nous connaissons (à la ligne).
» 26, 15ᵉ ligne, *lisez* : tel seigneur.
» 36, Epigraphe » Une sympathique étincelle.
» 44, 26ᵉ ligne, » Je le portai.
» 45, 29ᵉ ligne, » Pendant deux années.
» 49, 14ᵉ ligne, » le peintre.
» 52, 7ᵉ ligne, » saxifrages.
» 52, 31ᵉ ligne, » il s'introduisit.
» 54, 5ᵉ ligne, » Léon IX.
» 57, 7ᵉ ligne, » Je me fondis.
» 58, 11ᵉ ligne, » Qui est-ce qui l'a?
» 69, 10ᵉ ligne, » se mit à rire.
» 70, 18ᵉ ligne, » aussi tenu.
» 74, 6ᵉ ligne, » de Bourguemestre.
» 78, 31ᵉ ligne, » ce vin rouge.
» 81, 6ᵉ ligne, » un regard curieux.
» 81, 8ᵉ ligne, » qu'il mourrait sitôt.
» 90, 2ᵉ ligne, » ne l'entendit point.
» 93, 11ᵉ ligne, » Et rentra chez lui.
» 97, 12ᵉ ligne, » cela, et...

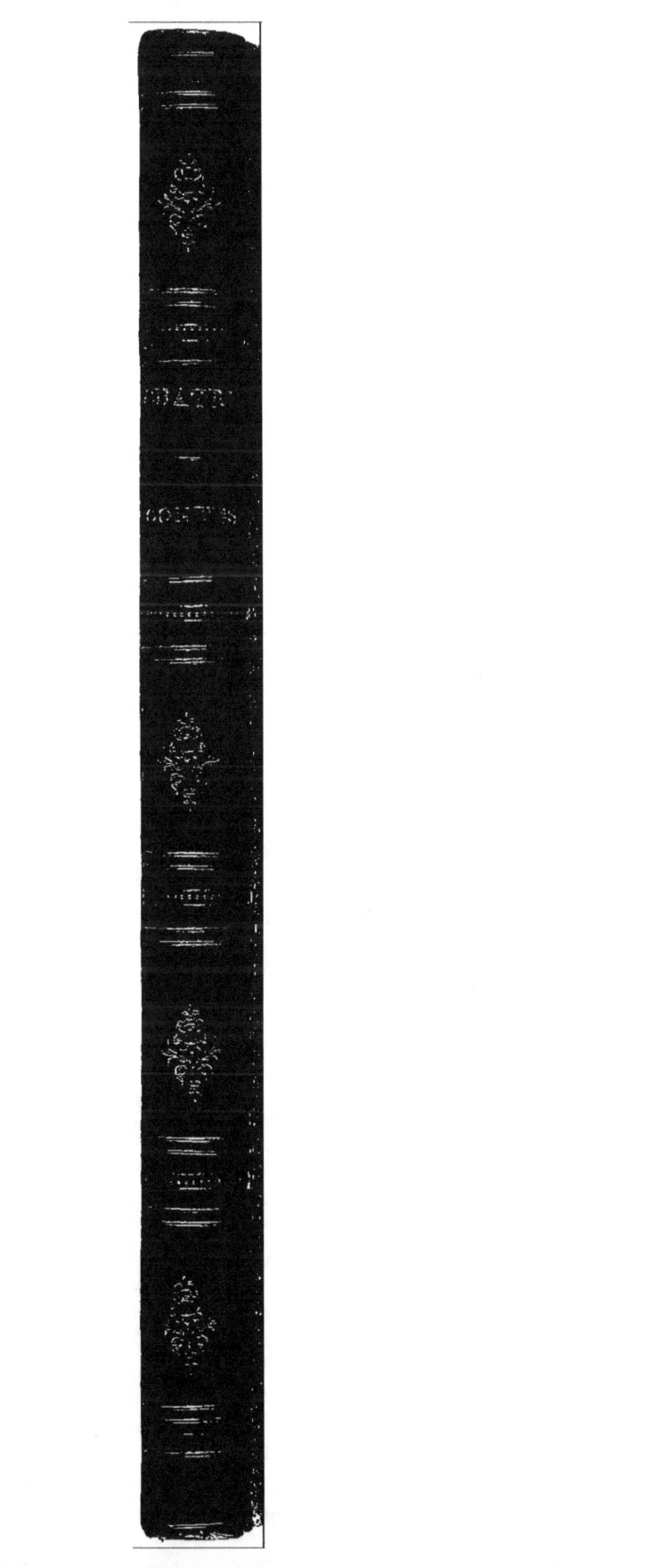

www.ingramcontent.com/pod-product-compliance
Lightning Source LLC
Chambersburg PA
CBHW051149260626
47170CB00005B/2020